10萬次互動、6年苦練，終於發現的

思維複製寫作術★☆

Writing

多米 ＿＿著

自序 自學寫作的諸多坑 007

PART 1 核心能力
寫作到底該學什麼？——打開思維複製的密碼 015
爲什麼你一直學不會寫作？ 016
不是你缺乏「寫作天分」 025
寫作的本質：如何把思維複製到別人腦中 026
解碼與編碼：作者的腦到讀者的腦 029

PART 2 解碼
每引發一種衝突，都會削弱一分文章的說服力 035
文字牆殺手：密密麻麻必然逼退讀者 039
無法解讀，那就是亂碼 044
不合他觀點，那就是鬼扯 059

PART 3

編碼

如何建構一篇完整的文章？ 073
嚴格抑制動筆欲望 076
記錄腦中竄出的單字 080
用心智圖串接所有要點 081
以線性草稿撰寫 082
段落是最小思考單位 087
寫初稿時不審查 090
用你自己的聲音寫作 091
說服人的完整結構 092
受眾思維：站在讀者的立場說話 095
囉嗦才是精準 098

PART 4

改文

好文章不是寫出來的，是改出來的 105

文本診斷法：掃描文章「違禁品」 106
編輯準則一：刪字——確保關鍵訊息是關鍵 113
編輯準則二：情境——把文章置入「聯合場景」對話中 127
展示具體場景 139
對話口語化 150
編輯準則三：邏輯——文章如何層層帶領讀者思考 158
編輯準則四：格式——如何「排」文字，也是一門技術 168
編輯準則五：要點——文章爆紅的三大關鍵點 184
編輯準則六：媒介——「媒介即訊息」讓寫作更貼合平台 196

PART 5 刻意練習

十二個高效寫作習慣 219
一、框架最重要 220
二、閉關，斷絕一切干擾 222
三、一起床就寫作 222

四、寫作，是從昨晚開始的 224
五、建立寫作空間 225
六、每天寫，不靠靈感靠習慣 226
七、雙文件工作法 227
八、避開空白稿 229
九、日常收集筆記 230
十、提前準備好標點符號 234
十一、間歇式寫作（番茄工作法） 234
十二、同時進行多個項目 237
後記 241

自序

自學寫作的諸多坑

寫作是最古老的思維複製術。

當我們在閱讀時，就是在重現作者當時的思考過程。這就是爲什麼巴菲特每年堅持寫致股東信，貝佐斯要求亞馬遜員工放棄簡報，改寫備忘錄。甚至連籃球巨星柯比·布萊恩也保持每日寫作的習慣——他們都深諳這個祕密：寫作不僅是表達，更是一種將思維具象化、系統化，並能準確傳遞給他人的工具。

如果你有動筆或打字的經驗，當你在組織語言，想把它有條理地講述給其他人聽時，你會發現這是很難的。如果你沒有花時間好好思考，那你可能連自己在想什麼都不明白。

因此，寫作是紙面上的思考——是一種能讓你把「腦中思考過程」給固化下來的工具。

當你將這些散亂的想法，抽絲剝繭，以線性邏輯關係排列好時——你就能看懂，自己到底在想什麼。正如《認知覺醒》提到：「想法是氣體、語言是液體、文字是固體，它們對應著不同的思考深度。想法每個人都有，但能將它說清楚的人不多，如果還能將它準確地寫下來，那麼這樣的人就更稀有了。」

所以，學習寫作的目的，是爲了更好地思考。當你能用準確的語言寫下你的想法時，這也變相的培養了自己的思維能力。

此外，寫作也被視爲是表達的基礎。因爲無論你是製作影片、Podcast，這些都繞不開寫作（就算是對著鏡頭講話，也需要有腳本）。

寫作是各種形式的知識工作的基礎：

影片製作

書評

Podcast

行銷

教學

銷售

提案

管理

內部溝通

任何一切，都是從寫作開始。

尤其當競爭越激烈時，基本功的重要性就會浮現——當別人只能在那邊胡扯，而你卻能有憑有據的好好論述你的觀點時，彼此差距就會拉開。我還眞沒見過哪個口齒清晰、表達流利、思維暢通的人是不會寫作的。

那麼，該如何開始寫作呢？

當我認識到寫作的重要性，並打算認眞對待時，遇到了難處。

我的寫作經驗幾乎爲零。除了高中時有練習作文，以及大學時因爲玩遊戲在巴哈姆特上發表過一些攻略外，我其實沒什麼寫作的經驗，頂多是不排斥文字罷了。

而我最早認真寫作，是創建「domyweb多米」粉絲專頁，分享我對行銷的看法。一開始其實也不入流，很慚愧地說，由於當時也不知道該怎麼寫，於是我就只是簡單地修改一下別人的文章然後丟上去而已。但奇妙的是，在我寫超過五十篇後，我就掌握了語感，漸漸知道自己該如何創作了——我很自然地知道一篇文章該怎麼起承轉合，該怎麼論述，該怎麼轉折，以及該怎麼放上支撐論點的證據。

但儘管如此，當時我還是覺得自己的文字很薄弱，上不了檯面。於是我開始去摸索寫作的相關課程和書籍。但可惜的是，中文區的寫作書籍大多有藏一手的跡象，深怕把真正的訣竅教給你——就是他在書裡只會告訴你寫作有多麼重要、多麼實用，但你心動了後，怎麼學呢？不好意思，你只能報名他的私人課程或是跟他私人諮詢。而市面上的小編課、作文課、文案課，又全是在講套路，流於表面的技巧。這些都沒能解決我真正的問題。我看了一堆後還是不會寫作。

寫作這項技能就像是被隱藏的「葵花寶典」，人人都知道它很重要，但都找不到學習的管道。

就這樣，我花了大量時間摸索——看了二十多本寫作書籍，在「domyweb多米」上創作了超過五百篇社群文章，累積了十萬次的互動後，才眞正理解寫作的底層原理——那些被寫作書籍和課程刻意忽略的關鍵。而當我知道後，反而好奇怎麼都沒人傳授過，甚至連提到都沒有，就好像我是第一個發現新大陸的人一樣。

我在想既然我都下了六年苦工才學會寫作（幾乎是土法煉鋼的練習），那能不能幫助別人也學會寫作呢？

至少讓他人不用像我一樣從頭摸索，浪費大量時間。正如喬登·彼得森（Jordan B. Peterson）所說：「你能做的最大善事，就是教別人怎麼寫作，因爲這跟教人思考沒有區別。」

於是，我決定編寫這本寫作書。

開始眞正閱讀前，先打預防針

我想要寫一本能眞正讓你學會寫作的書。但我不想騙你說，寫作很簡單。

這本書的切入點跟市面上的書不同，我不會教你速成技巧，不會給你制式模板，而是要帶你深入寫作的本質：如何將腦中零散的想法，透過文字的結構化與系統化，轉化爲他人能夠理解和認同的內容。

我知道人人都喜歡快速簡單的方法，但老實說，如果寫作是紙面上的思考，那思考這事哪有簡單的？那些說寫作很簡單的，號稱能快速寫作，或是改改裡面句子，用套板就能寫出來的。要嘛是不懂，從來沒寫過什麼好文章，要不然就是誤人子弟，在跟你收智商稅。反正那些打著噱頭，說能教你十分鐘寫出千字文的方法，我都將他們當作是江湖騙子。我自己是不信的。簡單的事沒門檻，也不值得學。而值錢的技能又豈是隨便就能學會的。

你想想，要是寫作真這麼簡單，那不就滿屋子的人會寫作了嗎？那你還有看這本書的必要嗎？

所以，如果你期待的是爆款文套路，照抄模板，那這本書不是你要的。你在這書中不會看到任何宣導快速又輕鬆的寫作方法。相反的，我講的是寫作的底層邏輯——符號編碼和解碼。我希望透過這本書，回歸寫作的本質，幫助你眞正理解並掌握寫作這項基本功。

如果你不想當個複製貼上的文字工匠，而是渴望成爲能夠準確傳達思想的創作者，那麼這本書就是爲你而寫。在這裡，我會毫無保留地分享這些年來的所有心得收穫，帶你越過寫作過程中的無數彎路。

PART 1

核心能力

寫作到底該學什麼？—— 打開思維複製的密碼

記得每次國文大考時，我們總會拿到一張作文紙。

通常給我們一小時對「面對人生的態度」「自由與自律」「關於經驗的N種思考」……這類題目，寫一篇約六百字的文章。這樣訓練下來，每個人至少寫了三十篇以上的文章。甚至，我們從小學起就開始寫字，到你現在步入社會，這十幾年（或幾十年）的時間裡，我們日常寫作的字數累積起來，至少也有幾百萬字了。那既然已經練習了這麼久，按理說我們應該很擅長寫作了吧？

但是你看看周圍……眞的大家都擅長寫作嗎？

多數人的情況，更像是整天發呆，半天也擠不出一個字。或是，寫出來的文章囉哩囉唆，邏輯混亂，別人根本看不懂。

這不奇怪嗎？寫了那麼多字，爲什麼長大後的我們還是不會寫作？

為什麼你一直學不會寫作？

古人有句話說得很有道理：「種瓜得瓜，種豆得豆。」這句話比喻你播下

什麼樣的種子，就會收穫什麼樣的果實。

現在，我想稍微改編，應用到寫作上：「只有學習寫作，才能學會寫作。」

雖然這句看起來是廢話，但它就是眞理。

事實上，我們從未眞正學習過寫作。我們接受的教育，往往是披著寫作外衣的「僞寫作」。不管你以前參加過什麼樣的「文字課程」——作文課、小編課、文案課、故事課……這些課程表面上跟寫作有擦上邊，但實際上，它們的核心是完全不同的。你是不可能透過上這些課學會寫作的。

這是一個哲學問題。亞里斯多德強調：「任何事物都有其第一性概念，即目的性概念。」而不同的定義，會帶來不同的理論體系。如果你從一開始的目的性就錯了，那麼無論你後續掌握多少技巧，都無法眞正學會，並且可能還會越走越遠。

因此，要學會寫作，上其他課都沒用的，你只有學「寫作」，才能學會寫作。

爲什麼「作文課」沒法教會你寫作？

你可能會想，我們可是從小學就開始練習「作文」了，並且在成長過程中，幾乎每天都有動筆，怎麼能說沒學過呢？

但讓我們仔細想想，你在國高中時寫的作文是給誰看的？或者說，誰在幫你批改作文的？

是國文老師。

既然作文是寫給國文老師看的，他們是文人，那麼得高分的要點就在於「迎合評分老師的喜好」。

國文老師喜歡什麼？他們喜歡——華美的詞藻、完整的起承轉合、引用名

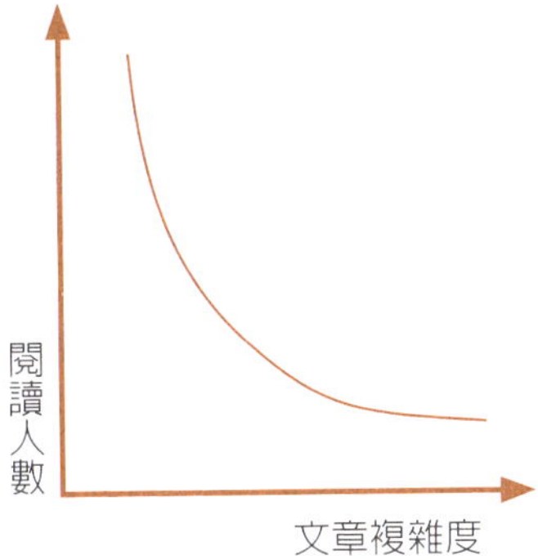

言佳句、成語，以及使用排比、對仗、倒裝等修辭技巧。也就是說，作文的目的性是「文學性」，是爲了訓練學生的語文素養。（你還記得國文考試都在考什麼嗎？考冷僻字！）

然而，等你踏入社會，你的寫作對象變成了社會大眾。這時，交流重點在於清晰地表達觀點，並讓讀者願意看完。因此，需要用樸實的語言來承載你的邏輯。但如果此時，你還賣弄「作文技巧」，就會發現——沒人再認同你，也沒人想看那些修辭。原因是「閱讀人數」和「文章複雜度」成反比。當你爲了秀文采，而故意使用冷僻詞彙時，讀者根本就懶得看。

換句話說，那些曾經讓你在作文中獲得高分的「技巧」，現在反而成爲最大的絆腳石。也難怪作文只存在於考場中，日常中根本沒人在用作文那套溝通。

那作文課不行，小編課可以嗎？

爲什麼「小編課」沒法教會你寫作？

另一個誤解是，當一個人進入職場後，想提升文案能力或貼文成效，但又不知道該找什麼課程時，理所當然會想：既然我是小編，那就應該上「小編社群課」。

事實上，市面上的小編課教的都是些無用內容。不僅會花掉你大筆學費，還會讓你學到錯誤觀念。通常，小編課的老師都在教所謂的「文案模板」。也就是拿出「模板」讓你「背例句」。他會說：「社群小編的文案很簡單，按照這個模板照抄就對了。」

他會將文章架構化，告訴你每一段應該寫什麼。比如，開頭要破題呈現、中間要舉例證明、最後要展現價值。

有的甚至會把整句話都寫好，叫你把裡面空格處改成自己的品牌名稱就行

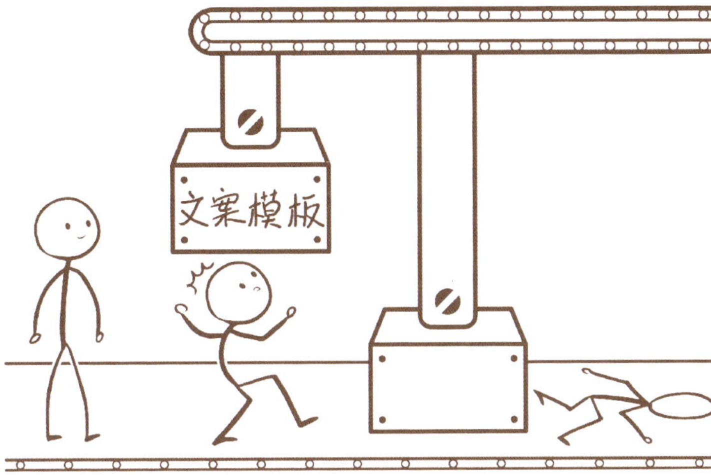

了。又或是給你一個「小編發文方向模板」，比如涵蓋旅遊文、商業文、議題文，幫你統整發文方向。也就是說，小編課的目的性是「快速產出內容」，它會幫你把你文章該寫的面向都準備好。

但我的觀察是，越是想給你套路，把你發文模板化的，就越不可靠。

你翻社群也有很多年了吧。但你眞的見過你關注的哪個「意見領袖（KOL）」是套用模板來寫作的嗎？

沒有吧！那你不覺得奇怪嗎？爲什麼小編課要這樣教？

因爲這種課程的目的，在於大量培養六十分的小編。簡單來說，就是教一些偷懶、速成的表面功夫，有點像是流水線上的工人，讓你感覺眞的有學到東西。

但另一方面，制式化的模板也堵死了你晉升到九十分的道路。

你上過幾次這樣的課後，你會發現你的文章風格會變得很僵化，充滿了小編的味道，沒有自己的個人特色。而經營社群，沒有「個人風格」是大忌——沒有任何人想跟冷冰冰的「模板」互動的。

那小編課不行，文案課可以嗎？

爲什麼「文案課」沒法教會你寫作？

接下來，你可能會想，不上「作文課」「小編課」，去上「文案課」總可以學到幾招了吧？

我認爲也不行。

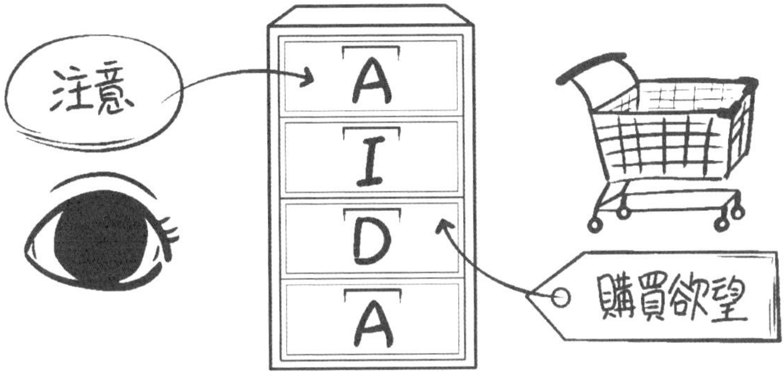

因爲文案課的目的性是「掌握文案架構」。本質上是教你，怎麼將素材按照「固定的套路」擺好位置。

例如，寫銷售文案時常用的「AIDA」模型——即注意（Attention）、興趣（Interest）、欲望（Desire）、行動（Action）——就是一種架構，你得將素材按照順序排列。像是如果你這段話是爲了吸引人注意的，就要往上挪，放在「注意（Attention）」的位置；而如果你這段話是爲了激起別人購買欲望的，就要往下挪，移到「欲望（Desire）」的位置。就是它會有個順序，對於文案課，你要知道你的素材是屬於什麼種類的，以及該擺在哪個合適的位置上。

然而，「架構」並不等同寫作。

舉個例子，就像製作電影時，如果你只知道學習架構，那在宏觀層面上，你會知道劇情該如何發展。但在微觀層面上，要注入的靈魂對白、場景設計、角色發展、動作細節……這些，你都寫不出來。結果製作出來的電影就會變成「沒有靈魂，只有花架子的外觀」。但是，當我們在閱讀一篇文章或觀看一部電影時，眞正能打動我們的，往往是那些細微的情感、貼近生活的情節、眞實的角色描寫。

而這些都是無法從單一的框架或模板中學到的。

「框架」只是個畫龍點睛的作用，讓你原本的敘事更爲合理罷了，但它無法讓本來就沒料的文案變成有料。因此，如果你只知道套用框架，那讀者閱讀時，就會覺得你講的都對……但就是廢話——沒有內涵，不吸引人，彷彿流水帳一般。

不是你缺乏「寫作天分」

因此，根據以上種種……我認爲目前市面上的「文字課程」都是不及格的！它們都在教授「表層知識」，像是集中在「套路或框架」上，要不然就是講些「小編套版句式」「快速寫作」或「標題命名的十個方法」等等。

這些課程的共同點就是好教，看起來很容易做到，但實際作用不大。就算你每堂課都上，把上面那些技能都學會了，又如何呢？

能代表你會寫作了嗎？

能代表你能根據心中所想，發表獨到觀點了嗎？

能代表你能讓別人心平氣和地聽進去，改變他人看法或行爲嗎？

答案很明顯是否定的。

這些只代表你能照著葫蘆把文章寫出來，但並不代表你能寫出好文章。只代表你把論點按照「規則」排列了，但不代表你的文筆能讓人有耐心看完。

這些課程本質上都是屬於「給你魚，而不是教你釣魚」的教學方式。你會感覺自己好像學了很多東西，但眞正要實戰時，卻還是不知道該如何下手。

所以，你學不會寫作是一件很正常的事情。這並不是因爲你缺乏「寫作天分」，單純就只是因爲你之前學到的都是些「歪理」而已。

寫作的本質：如何把思維複製到別人腦中

現在你已經明白，寫作不是學習作文中的華麗詞藻，不是模仿小編的套路模板，不是依賴文案的框架結構。

那麼，眞正的寫作到底該學什麼呢？

我認爲，寫作的核心目的是「說服」。最重要的是學會「如何說服他人改變想法」，即「思維複製技術」。

你想想看，寫作本質上是一種傳播行爲——將你腦海中的訊息，有條理、有邏輯、有說服力地傳達給對方，使他理解並採取你期望的行動。

這不就是「思維複製」嗎？

如果你能將自己的思想，完好無損地複製到他人的腦中，你就能說服他人，獲取資源——人們會願意買單、給你機會，你將擁有影響力，幾乎能得到任何想要的東西。

這聽起來很美好吧！

然而，在實際操作中，會面臨一個問題——你與讀者之間的溝通不對焦。

我們在日常溝通中，經常發生這樣的情況：你可能自認爲準確傳達了訊息，但讀者由於知識背景不同，他還很陌生，因此往往難以理解，甚至會產生誤解。例如，在微軟著名的客服事件中，操作手冊上寫著「按下任意鍵繼續」……結果電話就被打爆了，因爲使用者並不知道「任意鍵」是哪一個鍵！

事實是，我們與讀者之間存在著巨大的認知差距。他們沒有你的知識儲備，不了解訊息的前後脈絡，那自然也就無法明白你的推理邏輯了。這導致訊息損耗非常嚴重：你輸出「100」，最終讀者接收到的卻連「1」都不到。

如果我們將傳播流程拆解，會長這樣：

發送者腦子↓編碼↓媒介↓解碼↓接收者腦子

訊息每經過一個環節，都會有所損耗。例如，發送者腦子→編碼，損耗三〇%；編碼→媒介，損耗二〇%……身爲作者，我們的任務，就是要盡可能減少每個環節的損耗。因此，要想實現「接近於一〇〇%從腦中下載，一〇〇%上傳到他人腦中」，你必須了解，怎麼完好無損地表達腦中的論點，並讓這些論點以讀者易於理解、損耗極小的方式，鑽進他們的腦中。

例如，你要怎麼把腦中的雜亂概念，用線性的文字記錄下來？如何保證不會文不對題，或是連自己都不知道自己在寫些什麼東西呢？

這涉及的是——「將腦中思想轉譯成文字的技術」。

再來，將思想轉譯成文字後，要怎麼確保讀者在閱讀後，得出跟你同樣的結論，而不會理解錯誤呢？會不會雞同鴨講，你說你的，他說他的，或是根本看不懂你在說什麼呢？

這涉及的是——「將文字轉譯成腦中思想的技術」。

也就是說，你不僅要當自己大腦的翻譯家，還要當別人大腦的翻譯家。優秀的作者能夠將傳播路徑中的「編碼」和「解碼」的損耗最小化。

解碼與編碼：從作者的腦到讀者的腦

要實現「思維複製」——將你的想法完整地傳遞到讀者的腦海中，你會需要掌握兩項關鍵技能：

準確地表達你的觀點

確保讀者能輕鬆理解這些觀點

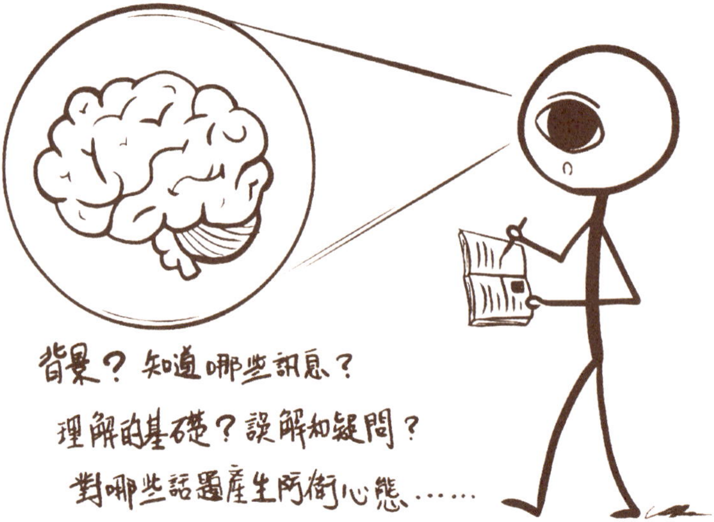
背景？知道哪些訊息？
理解的基礎？誤解和疑問？
對哪些話題產生防衛心態……

但是這兩項技能有其先後順序。我們得先知道讀者是如何解碼的，才能有效地編碼。這就是所謂的「逆向編碼」——先解碼，後編碼。

如果先編碼會發生什麼問題呢？

會自嗨。很多人在表達時，雖然話都說出來了，但問題是，讀者根本聽不懂，或是引發認知衝突，讀者根本不想吸收，這樣的溝通等於做白工。因此，我們得先從解碼下手，站在讀者的角度思考——深入理解他們的思維方式、文化背景和知識結構。

只有了解他們的「遊戲規則」，才能對症下藥。

所以整套的過程爲：

解碼：深入了解你的目標讀者。他們背景是什麼？他們已經知道哪些訊息？他們不知道什麼？他們具備理解的基礎嗎？他們可能會有哪些誤解和疑問？他們會對哪些話題產生防衛心態？

編碼：基於這些理解，設計你的訊息。選擇合適的詞彙、例子和論述方式，使其能準確傳達你思想的同時，又能被讀者輕易理解和接受。

因此，在章節編排上，我會先說明人們是如何解碼的，然後再引導你該如何編碼。

重點複習

- 寫作的本質：說服他人改變想法，將自己的思想傳遞給讀者，並促使讀者採取行動。
- 傳統作文的弊端：過於注重詞藻和修辭技巧，導致文章晦澀難懂，缺乏實用性。
- 溝通不對焦的問題：作者和讀者之間存在認知差距，讀者缺乏理解訊息所需的上下文和背景知識。
- 溝通對焦的解決方案：逆向編碼。站在讀者的角度思考，了解他們的背景、知識水平、思維方式和潛在疑問。選擇合適的詞語、例子和論證方式，將訊息清晰、準確地傳達給讀者。

練習

- 回顧你最近的一篇寫作，分析其中是否存在過度使用華麗詞藻或複雜修辭的情況。嘗試重寫，使其更加易懂。
- 分析一篇你認為非常有說服力的文章。找出作者是如何理解並針對目標讀者的需求和背景來構建論點的。
- 設想你要向三個不同背景的人（例如：一個高中生、一個中年職場人士和一個退休老人）解釋同一個話題。思考你會如何調整你的表達方式來適應每個讀者。

PART 2

解碼

每引發一種衝突，都會削弱一分文章的說服力我們前面提到，寫作的目的是說服——將你的思想百分之百地傳遞給讀者。

想像一下，在一間精密的實驗室裡，你和讀者各自平躺在床上。而一台思維複製機器連接著你們的腦袋，機器從你這端一步步地將思想一%、二%……直到百分百地傳輸到讀者的腦中。

那麼，我們該如何確保這個過程順利進行，直到傳輸完畢呢？

這個問題難以回答。更好的方式是借用查理・蒙格（Charlie Munger）的「逆向思考」來轉換視角——有哪些因素，會阻礙這個進程呢？

換句話說，什麼樣的文字會讓讀者不僅不被說服，反而感到厭煩呢？

這樣答案就簡單了，主要有以下三點：

文字牆

亂碼

鬼扯

這三點，都會激起讀者的抵抗，阻礙作者與讀者之間的思想交流。

文字牆

人的眼睛有其生理極限。文本的視覺呈現方式，如字體大小、行距、段落劃分等，都會直接影響閱讀的效率。一篇排版混亂、字體過小、行距過窄，或充斥著密密麻麻「文字牆」的文章，會增加讀者的閱讀負擔，降低他們繼續閱讀的意願。

亂碼

即使讀者願意繼續閱讀，但他能否理解內容又是另一個問題。

人腦處理訊息的能力有限。文章的邏輯結構和讀者的背景知識，都會影響理解。一篇結構混亂、邏輯跳躍或充斥著專業術語的文章，會讓讀者像在看亂碼一樣，大腦陷入一片空白，放棄深入理解。

鬼扯

即使讀者理解了內容，也不代表他會接受你的觀點。人們天生傾向維護既有的信念和價值觀。如果一篇文章膽敢直言挑戰讀者的核心信念，便會引發強烈的反感和抵制。

因此，爲了成功傳遞訊息和觀點，你必須繞過這三點。途中每引發一種衝突，就會削弱一分文章的說服力。

你可以想像最糟糕的文章是長什麼樣子：

- 文字塊擠在一起。句子和段落冗長。
- 充斥難以理解的專有名詞。
- 帶有自以爲是，瞧不起人的語氣。
- 結論不可靠，論證方式牽強。
- 開頭就怒斥你的觀念是錯的。

・排版混亂。不符合當前媒介和敘述風格。
・缺乏邏輯連貫性，段落之間跳躍過大。
這樣的文章，讓人如同行走在泥濘中，每一步都感到沉重。不管你的內容多有價值，只要讀者放棄閱讀，那一切都是白搭。所以，寫作就是為讀者鋪設一條平坦的閱讀之路。你需要精心設計每一個環節，從視覺呈現、內容組織到論點表達，都要以降低讀者的「閱讀衝突」作為目標。

文字牆殺手：密密麻麻必然逼退讀者

人的眼睛並不是均勻的感受器。
它只有中間一小塊被稱作「中央凹」的區域，才聚集了密集、高分辨率的視覺細胞。這覆蓋的範圍僅有視野前方約十五度的視角——如果你將書捧得近一點，只相當於三至五個漢字的範圍。
因此，人眼的生理結構，決定了我們只能看清視野前方很小的範圍。而為

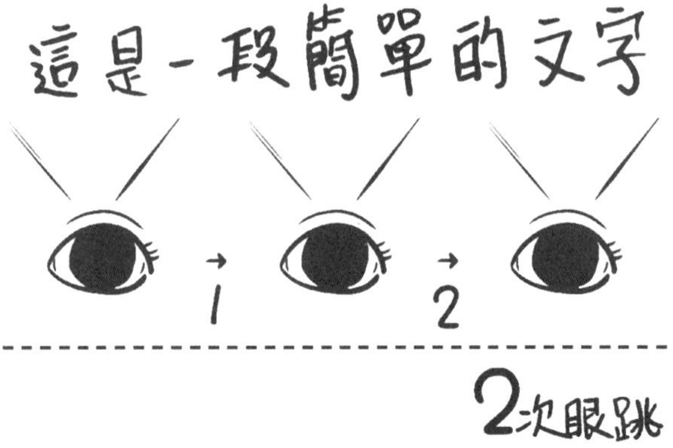

了將文字放入中央凹來閱讀，眼球必須不斷移動。因此，我們的眼睛其實不像是一台數碼相機，可以拍下照片，一眼看到全局。相反的，它更像是一把機關槍，在目光掃射下，以每秒四到五顆子彈的速度射出，只有被子彈打中的範圍，才能看清楚幾個字，其餘周遭都是模糊的。

爲了因應人眼的缺陷，很多文案大師會刻意將句子寫得非常短，甚至只有幾個詞。這樣做的目的是確保每顆「子彈」打出去時，都彈無虛發。像是著名廣告人大衛·奧格威（David Ogilvy）就說道：「使用短詞、短句和簡短的段落。」例如，下面A和B兩個版本：

版本A（長句子）：

碰到任何對手他都會持極端嚴肅的態度去鬥，正如有些人對吃東西或者閱讀或者上教堂那樣的態度。每次鬥他都本著置對方於死地的目的，而其他公牛並不害怕他因爲他們都是好血統所以不怕。但是他們不想惹他他們也不想跟他鬥。

版本B（短句子）：

碰到任何對手，他都會持極端嚴肅的態度去鬥，正如有些人對吃東西，或者閱讀，或者上教堂那樣的態度。每次鬥，他都本著置對方於死地的目的，而其他公牛並不害怕他，因爲他們都是好血統，所以不怕。但是，他們不想惹他。他們也不想跟他鬥。

在版本B中，每個句子較短，你會發現文字好讀多了。這概念有點像是你說話時，要適時的斷句，換口氣。短句也是起到了斷句的作用，讓眼睛能夠適時休息。此外，有些人會寫成以下這樣，將句子進一步拆分爲短段落：

版本C（短段落）：

碰到任何對手，他都會持極端嚴肅的態度去鬥，

正如有些人對吃東西，或者閱讀，或者上教堂那樣的態度。

每次鬥，他都本著置對方於死地的目的，

而其他公牛並不害怕他，因爲他們都是好血統，所以不怕。

但是，他們不想惹他。他們也不想跟他鬥。

你會看到，版本C的段落更短，文字又更好閱讀了。這是因爲我們在閱讀時，是從上到下，但是當閱讀到最下面底端時，又要再重新拉回到最上面的下一行去，這對眼睛來說跳動太大，會很疲憊。但是我們將段落改短後，相當於是原本眼睛要跑一百公尺，這下只要跑五十公尺就可以折返。那眼睛就不用一直長途奔波了。

最糟糕的是寫成文字牆，將文字擠在一起密密麻麻的（我這裡單純是複製貼上重複，你不用細讀，但是可以感受一下看到「文字牆」時，內心是什麼想

法）：

版本D（文字牆）：

碰到任何對手他都會持極端嚴肅的態度去鬥，正如有些人對吃東西或者閱讀或者上教堂那樣的態度。每次鬥他都本著置對方於死地的目的，而其他公牛並不害怕他因爲他們都是好血統所以不怕。但是他們不想惹他他們也不想跟他鬥。碰到任何對手他都會持極端嚴肅的態度去鬥，正如有些人對吃東西或者閱讀或者上教堂那樣的態度。每次鬥他都本著置對方於死地的目的，而其他公牛並不害怕他因爲他們都是好血統所以不怕。但是他們不想惹他他們也不想跟他鬥。碰到任何對手他都會持極端嚴肅的態度去鬥，正如有些人對吃東西或者閱讀或者上教堂那樣的態度。每次鬥他都本著置對方於死地的目的，而其他公牛並不害怕他因爲他們都是好血統所以不怕。但是他們不想惹他他們也不想跟他鬥。

你是不是第一眼的印象是厭惡、畏懼，根本不想去讀？這是很正常的，我們大腦的本能就是好逸惡勞，這麼大塊的文字牆，直覺上就很難啃，所以就會傾向於擺爛，直接放棄不讀了。

無法解讀，就是亂碼

看文字時，大腦有兩個步驟：

第一步（〇．一秒）：眼睛只看到一些線條和形狀，就像看到塗鴉一樣，在這階段文字和圖像並沒有什麼不同。

第二步（再過〇．〇五秒）：大腦的「文字識別軟體」啟動，開始辨認這些線條，才知道「啊，原來這是文字！」

而從大腦解碼的角度來說，越熟悉的概念，識別的難度就越低。

例如，「狗」就比「窮奇」更容易理解，因爲「狗」這個詞會立即在腦中喚起具體畫面——毛茸茸、搖尾巴、吠叫聲等；而「窮奇」這個山海經的怪獸，一般人不僅沒看過、也沒聽過，甚至連存不存在都不知道，那就無從識別了。

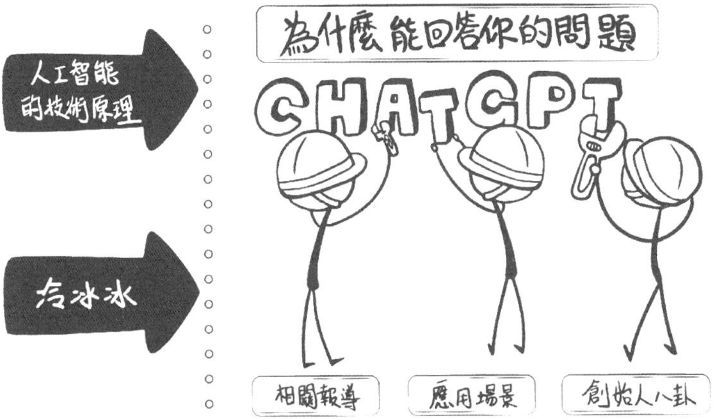

另一個例子，如果你想寫一篇名爲「人工智能的技術原理」的文章，這題目冷冰冰的，不如改成「爲什麼 ChatGPT 能回答你的問題」。因爲「ChatGPT」這個概念一出來，其應用場景、相關報導、創始人八卦等等的鮮活形象，都會從讀者的大腦中被調用，幫助理解。

上例說明我們在理解新訊息時，是利用舊有的知識來解釋新訊息。如果你腦中已有相關概念，理解就快，解碼成本就低。

相反的，如果你腦中沒有概念的話，會怎樣？

比方說，這一串泰語「วันนี้ร้อนมาก」。

如果你不懂泰語，大腦找不到任何幫手來協助解碼，那這串文字對你來說就是亂碼。它給我們的啟發是，在編碼階段使用的任何文字，都得確保它們有涵蓋在讀者的資料庫裡——讀者得有能力對其解碼。

因此，要降低他人的解碼成本，就得多用對方熟悉的事物和概念來解釋，而不是用只有自己懂的概念去解釋別人不懂的概念。因爲自己懂的東西，別人未必懂。這也是爲什麼很多專家講解時，大家覺得又臭又長不想看的原因。

壓縮包

人類的智能，並非設計用來處理複雜事務的。

進化賦予我們的優勢在於快速反應——你能根據一些風吹草動，察覺後面逼近的猛獸，然後撒腿就跑。然而，對應的代價是，我們大腦的工作記憶一次只能同時關注三四件事，再多就記不住了。

爲了擴展處理能力，我們學會對訊息進行壓縮——被稱爲「組塊化」——你可以想像，在使用軟體時，它允許你一次上傳四個檔案，不過檔案大小沒限

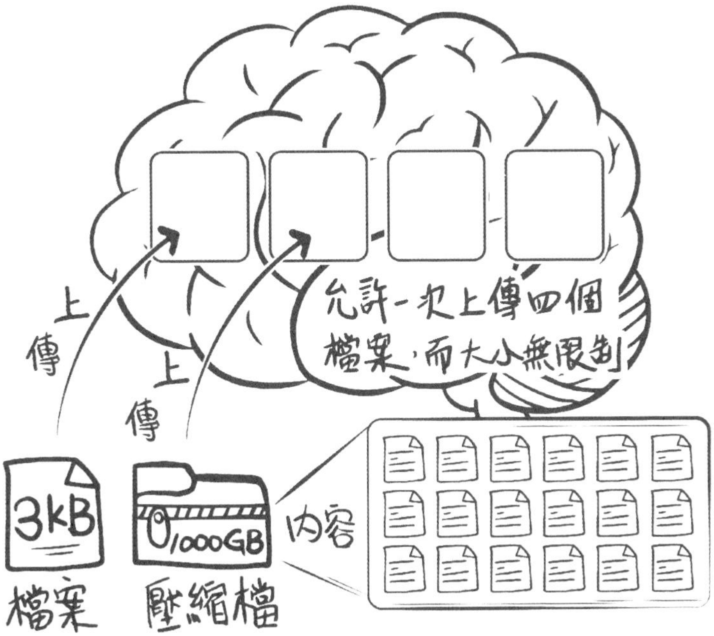

制，你可以上傳一千GB的，也可以上傳三KB的。那如果我們想在單位時間內，上傳更多內容的話，該怎麼辦？就是將那些小的、零碎的檔案，透過壓縮合併為一個大檔案。

由於人腦這種能將訊息疊加的特殊性，在我們的成長過程中，已經或多或少的將很多的「零碎知識」合併成「大檔案」。

這裡會帶到一個重要概念——我們是將「零碎知識」集結爲「大檔案」。而每個人的零碎知識都有些許差異。例如，集結而成的大檔案名爲「我的暑假日記」，但每個人裡頭的內容物不會一樣，各自度過暑假的方式不同。有些人可能出國玩，有些人可能待在家打電動。因此，雖然檔案名都叫作「我的暑假日記」，但內容物卻完全不同。

如果我們將這種抽象知識集結而成的大檔案，稱爲「壓縮包」。那麼在日常溝通中，會出現以下三種情況：

知識的詛咒：讀者缺乏相關的零碎知識，因此無法形成壓縮包，也無法解壓縮。

一千個哈姆雷特：讀者的零碎知識與你不同，因此雖然壓縮包名稱相同，但解壓後的內容卻不同。

基模（Schema）：讀者的零碎知識跟你類似，因此解壓後，能得出與你相似的內容。

知識的詛咒：無法解壓的知識

第一種情況，讀者缺乏相關的零碎知識，因此無法形成壓縮包，也無法解壓縮。

雖然使用壓縮包，可以讓我們用抽象概念討論和思考複雜的問題，但也帶來新問題：對於那些沒有解壓縮能力的人們，你沒辦法跟他們溝通。尤其是當你在自己的領域學得越深入時，所壓縮的抽象概念就越多，並且，甚至養成了本能，平時就在大量使用術語、縮寫和抽象概念，以提高學習還有和同行交流的效率。這使得你難以理解，不用壓縮包思考的感覺。

在缺乏換位思考的情況下，你平常思考得這麼順，就會誤以爲這些術語和抽象概念是一般常識，是大眾也能看懂和理解的。這就讓專家和初學者在溝通上出現代溝，也就是「知識的詛咒」。

簡單來說，「知識的詛咒」是指專家擁有解碼壓縮包的能力，而一般人則不具備。因此，每當專家拋出一個術語時，就相當於是傳給我們一個壓縮包，但卻沒給我們解壓縮的工具。

讓我以醫療領域爲例，看看當一位醫生在向你解釋你的健康狀況時，會是什麼樣子：

「根據你的MRI結果，我們發現左側海馬區有異常信號。這可能與癲癇異常放電有關。接下來爲了進一步診斷，我們需要進行EEG監測，評估是否有間歇性放電。此外，也建議你進行PET掃描，以排除神經退化性疾病的可能性。」

你看到這些行話（未解碼的術語）時是怎麼想的呢？應該大腦直接當機了

吧。

從認知的角度來看，我們的大腦一次只能處理三到四個認知組塊。而偏偏那短短的幾句話中，就出現了四個你看不懂的單字，直接把工作記憶塞滿了，你自然就騰不出空間去理解後續的內容。何況這才幾行字而已，你想想，如果是一篇正常的文章，裡頭有兩千字，並且還堆滿三十到四十個行話，還有耐心看下去嗎？

因此，在文章中使用行話，等於是給讀者一個不看的理由。

那麼，這問題怎麼解呢？

最好的方式，就是作者自行解壓

縮。不使用任何外來詞、科學術語和行話。比方，如果你能說「肌肉不均勻」，就不要說「骨骼肌異質性」。如果你能說「當你獨自走在陰暗的小巷時，你的心跳會加速，呼吸變得更快，肌肉緊張，這就是你的身體在準備擊退攻擊者或逃離危險的方式」，那就不要說「皮質醇水平」或「交感神經系統」。

有趣的一點是，在大學或作文課中，他們會教你用同義詞辭典來尋找更複雜的詞，但在寫文章時，我們卻需要反過來——將複雜的詞彙轉換成簡單的詞語。最好是那種十歲小孩都能看得懂的單字。

比如：

案牘→文書作業

綠茵場→足球場

耆老→老人

但是這也並非一味的貶低，說使用行話不好。而是你得看溝通對象是誰——作者使用多少抽象概念合適，是取決於讀者有多少專業知識。一切都取決於溝通效率。如果你的同行擁有解壓縮的鑰匙，你還把行話當作毒蛇猛獸，連跟同行交流時都不用的話，這就很蠢了。

一千人心中有一千個哈姆雷特：解壓縮錯誤

第二種情況是，讀者的零碎知識與你不同，因此即使壓縮包的名稱相同，但解壓後的內容卻可能大相徑庭。

有時候，明明是同樣的文字，但觀看的兩人卻能得出完全相反的結論。你不覺得這很奇怪嗎？他們之間到底誰是對的，誰又是錯的？其實這很難有一個標準答案，你可以說他們都對，也可以說他們都錯，因爲事情並不是非黑即白的，答案不是固定的。根據不同的情境和立場，答案就會有所不同。

舉個例子，黃山料寫了一篇文章談論「有錢人不快樂」。他偶遇一位月薪二十五萬台幣的鄰居，然後雙方探討有錢是否帶來快樂。黃山料的看法是，高薪人士除了薪水較高外，平常的煩惱與月薪三萬元的上班族無異：一樣會嫌錢不夠花，會對工作感到厭倦，承受來自上司的壓力等。

他認爲，自己感到快樂的時候，從來都不是賺到錢的那一刻，因爲金錢帶來的快樂很短暫。他的快樂是來自於：和朋友家人一起慶生吹蠟燭、熬夜三天沒睡只爲寫出一篇書稿、和喜歡的人牽手在台北散步六個小時。

那篇文章發布不久後，就被很多人砲轟，說根本是「年度幹文」。

「那叫二十五萬的去改做三萬的工作啊，反正煩惱是一樣的，是你要嗎？」「這種文還有一萬多人讚欸，難怪台灣起不來」「那篇眞的是年度幹文……如果能多出二十二萬還跟三萬一樣的煩惱，是當事人要檢討了」。

那麼，根據這議題，是誰對誰錯呢？

我認爲雙方看法都對，只是視角不同。

有研究顯示，當你年薪達到兩百萬台幣後，薪資水平已經能滿足大多數奢侈的日常開銷。這時你賺再多的錢，對於物質滿意度的提升是很小的，但壓力卻有可能倍增。事實上，許多有錢人都認同「有錢但不快樂」這個觀點。

比如，「Ruby on Rails」的創辦人DHH把公司賣給亞馬遜後，瞬間成了億萬富翁。他得到夢寐以求的幸福，財產多到可以永遠不用工作，不用看價錢隨便點餐，或是隨意買名車兜風。然而，他發現這些物質上的消費，卻無法爲他的心靈帶來滿足。反倒是以前窮困時編寫 Ruby 程式的時光，才是生命中最美好的事情。這也呼應了可可香奈兒的名言：「生命中最美好的事物都是免費的，第二好的非常、非常昂貴。」

DHH補充：「最好的東西和第二好的東西之間差別非常、非常遠，比第二個和第二十個好東西之間的距離更遠。中間的距離並不成比例。」

因此，黃山料沒說錯，他有錢，但錢對他的幸福感加成並不大。

不過，網友也沒說錯，對於一般人，年薪低於兩百萬時，金錢所帶來的物質改善和幸福度加成是巨大的。

所以雙方都沒錯。事情沒有標準答案，往往看的角度不同，答案就不同。

「有錢人不快樂」這概念只是個壓縮包，但是雙方卻有著不同的解讀：

對於黃山料，解壓縮得到的內容是：金錢確實能解決很多問題，但並不是快樂的唯一來源。當基本的物質需求被滿足後，更多的金錢並不能等比例地增加幸福感。

對於網友，解壓縮得到的內容是：有錢人在抱怨自己的幸福，這是對普通人的不尊重。他們擁有大多數人夢寐以求的高薪，卻說自己不快樂，這顯得很矯情。

這兩種解讀反映了不同人群，基於自身經驗和價值觀對同一議題的不同理解。

因此，為了避免讀者誤解，作者除了事情的經過和結論外，你還需要解釋自己的思考過程、推理邏輯，以及那些讀者可能不知道的觀點。只有補足了讀者前置知識的不足，讓他們在觀念上和你同步，雙方才能得出相同的結論。

基模：達成共識

第三種情況，讀者的零碎知識跟你類似，因此解壓後，能得出與你相同的內容。

假設你需要向家人介紹一位你剛剛見到的女性。有兩種介紹方式：

第一種：

我剛剛看到一個女人，她大概五十多歲的樣子，身高約一六〇公分，中等

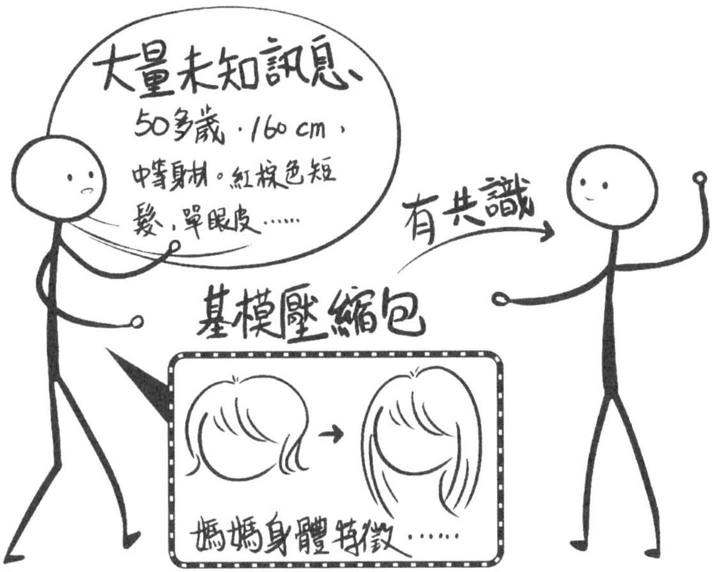

身材。她的頭髮是紅棕色的，剪成短髮造型。臉型是橢圓形的，眼睛是單眼皮，鼻子不高不矮，嘴唇比較薄。她走路的時候步伐很穩健……

第二種：

兄弟，我剛剛看到一個人，簡直就是媽媽的翻版！除了年紀看起來稍微小一點，頭髮是紅棕色外，其他從髮型、臉型到身材都跟媽媽一模一樣。甚至連說話的語氣和走路的姿勢都特別相似。要不是我知道媽媽今天在家，我真的以爲遇到了媽媽。

同樣是介紹一個女人，但顯然第二種代入參照物的方式，會比第一種羅列繁瑣描述的方式，更容易讓家人理解並產生畫面感。

因爲你和你的兄弟，對於「媽媽」這個概念，早已建立了一系列的印象（如外觀、身型等）。而這些印象構成「基模」——基礎的壓縮包，裡頭包含大量細節。從建模的難度來說，從頭建立一個全新的基模是非常難的，意味著需要處理大量的未知訊息。但如果是以現有的基模略加修改，則容易得多，因爲這只需少量新訊息。

因此，在解釋新項目時，最好的方式是調用別人腦中已形成的基模。簡而言之，調用基模就是用比喻。

例如，如果你創業，向投資人簡報時，與其列出一大堆技術專有名詞，還不如說你就是本地的 Uber、本地的 Airbnb、本地的 ChatGPT……這樣，投資人腦中已有這基模，他只要輸入新訊息，將海外改爲本地，稍作調整，就能秒懂了。

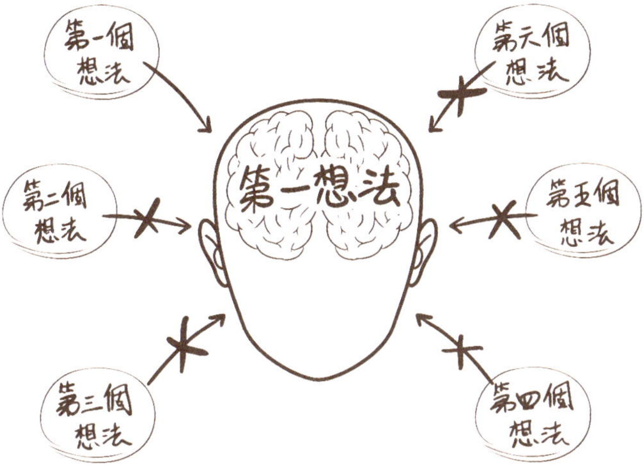

像是賈伯斯當時介紹第一代iPhone時，面對這種跨時代的產品，他可不會講一些抽象的內容，而是說：一個大屏幕iPad加一支手機加一個上網設備。

不合他觀點，那就是鬼扯

查理．蒙格提出「第一結論偏差」的觀點——大腦的運作模式像是精子和卵子：第一個想法進入，然後大腦就關閉了。

我們都認爲自己是獨立思考者，根據事實和證據進行推理。但實際上，我們大部分時間都在爲心裡已經宣告和決定的事情，進行辯護和解釋。換句話說，大多數人需要的不是新證據，而是能驗證舊信念的新訊息。

我們永遠都會更關注，能支持自己信念的證據，而忽略甚至批評那些不利於自己信念的證據。人們根本不管事實如何，他們只想聽到他們想聽的。一篇文章寫得好不好，判斷根據往往取決於，有沒有符合他們的觀點。有符合，就是好文章；沒符合，那就是在鬼扯。

「結論先行」只會引發爭吵

在溝通表達領域，有一本名著《金字塔原理》。它原先的用意，是幫助企業高層在職場上將訊息呈現地更有邏輯、更有框架。如果你是提交報告給上級或是寫論文，那這種嚴格遵循邏輯的文案架構，確實很有幫助。但如果你是在社群上使用《金字塔原理》，就會變成「毒藥」。

爲什麼？

因爲金字塔結構的最大問題，就是它在倡導「結論先說」。

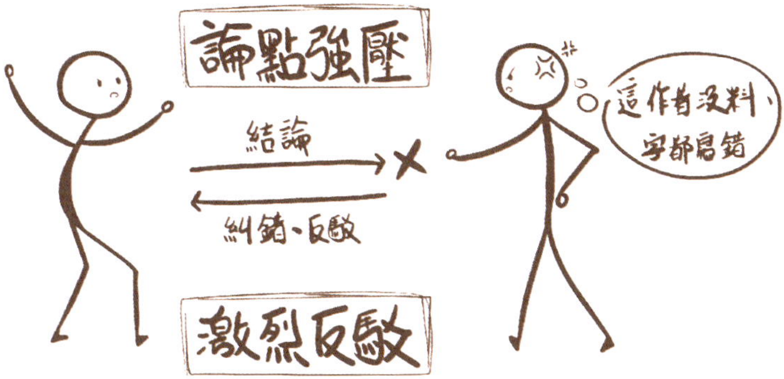

然而，你結論先說所能收穫的，就只有對方的牴觸而已——如果結論是對方本來就能接受的，接下來不用更多的說明。但如果結論跟對方的觀念不一致，甚至是相反，那你就慘了。因爲對方會開啟「糾錯模式」，不斷地反駁你的說法以維護他自己的立場。如果對方和你的認知差距過大，看不懂你的推演過程或表達的重點，那他爲了要「糾錯」，就只能抓住那些枝微末節的部分去調侃，比如嘲笑你打錯字或用錯標點符號等等。整件事的焦點就會偏離主軸。

那麼在這種兩方對峙的情況下，他已經抱著最大的惡念在看你，你還能說服得了他，就有鬼了。像是，你應該常看到這樣的留言：

「看到開頭講ＸＸＸ，就知道作者沒料。後面也不用看了。」

所以，網路上那麼多人吵架的原因只有一個——甚至這原因簡單到不行，以至於我們以前從未想過——那就是我們總是「結論先說」，把自己的論點強壓給別人，結果就激起對方更強的反抗。

就這樣，從討論變成了意氣之爭。

爲什麼人們不肯放棄舊信念？

那麼，爲什麼人們會這麼固執地抓著舊信念不放呢？這可以歸結爲以下四點原因：神經元強化連結、身分認同綁定、大腦節能、部落主義。

神經元強化連結

以記憶生成的角度來說，大腦是由無數個神經元連接而成的。而神經元在一次次的刺激下，會被強化。所以當我們堅信一個觀點時，就是在反覆強化這神經元的連結。當重複多次後，這信念就像肉一樣「長」在你的腦袋裡，根深柢固了。要捨棄舊信念就相當於割肉。

身分認同綁定

人們很喜歡將自身觀點和自我認同綁在一起——當有人批評你的觀點時，你會以爲他在攻擊你本人。於是引發憤怒、恐慌等負面情緒，就是俗稱的「丟面子」。這時，你滿腦子想的都是要怎麼給他好看。那到了這一步，釐清眞相就變得不重要了。因此，矛盾的證據往往會讓我們更加堅定自己的立場。

當人們持有一個觀點時：

如果新訊息進入，但不夠強烈→反而會強化舊有觀點。

如果新訊息進入且強大到能挑戰舊有觀點→則會引起憤怒等不適感，人們拒絕接受。這同樣會強化舊有觀點。

所以，一個人能不能調整信念，跟證據無關。大部分的人一遇到反對意見，就是陷入應激反應，隨時準備跟反駁者開戰。

大腦節能

要更改信念，或者說要嘗試理解別人的觀點，是一件很費腦力的事情。而我們大腦的預設狀態是節能模式。因此在面對矛盾訊息時，往往會選擇更容易的路徑——尋找支持現有觀點的證據，而非全面分析所有可能性。你能想像在現實中，爲了要顧及對方的觀點，而去充分研究對方的論據嗎？想像不到吧。現實是，沒什麼人眞正在意對方是怎麼推導的，我們都在各說各話。

部落主義

改變想法意味著脫離部落。人類是群居動物。我們渴望融入他人，與他人建立聯繫。而持有共同的觀點，能讓我們在團體中找到歸屬感。你想想看，在原始人時代，如果你被部落驅除，脫離庇護，下場會如何？在野外可能活不過一週。因此，雖然了解事情的眞相很重要，但遠遠沒有比留在部落中更重要。

說服別人改變主意，實際上是說服他們改變部落的過程。如果他們放棄自己的信仰，就有失去社會連結的風險。而如果改變想法後的結果是孤獨的，那沒有人會改變。

展示與其價值觀相反的經歷

大多數人對於價值觀的理解有個盲點——認爲「說服」能改變人的觀點。

但這是錯的。你無法用論點說服別人改變他們的價值觀，因爲價值觀是基於經驗建立的。每個人所經歷的人生旅程不同，其價值觀是跟所遭遇的事件綁定。當你被社會殘酷對待後認爲理所應當的事情，對他來說可不是這樣。除非他有親身經歷過，不然你的想法對他來說就只是耳邊風，他可不信你這套。

如果你試圖強行改變他人的觀點——透過威脅、羞辱、怒罵等手段，迫使他們放棄舊有信念。那這只會產生相反的結果：激起他們的防禦機制，使他們更加抗拒改變。因此，寫作時應避免指責讀者。即使是以最平和的態度來駁斥讀者的觀點，或是展示能推翻他們世界觀的事實，這些都行不通。人們是不會被事實說服的，尤其當事實是作爲爭論的一部分出現時。

因此，如果你眞的想要說服他人，就要避免爭論。

因爲當你在爭論中勝利時，代價是打破你所爭論之人的現實。而失去現實是痛苦的。當他們在情感上關閉後，任你在邏輯上多有說服力，他們也聽不進去——說服不僅僅是邏輯問題，你還得顧慮到別人需要被呵護的自尊心。

改變他人價值觀的唯一方法，是避開正面的硬碰硬。你必須以同理心接近他們。在他們還未激起防衛心前，嘗試用故事、案例和個人經歷，向他們展示與他們價值觀相反的經歷，這會讓他們意識到原來還有這種可能性，進而質疑先前所知道的一切。

例如，在種族主義盛行的時期，黑人音樂家戴露．戴維斯（Daryl Davis）很好奇，爲什麼在雙方都沒見過面的情況下，一個人能對另一個人懷有那麼大的惡意。於是，他隻身來到三K黨，嘗試與那些「白人至上主義者」混在一起，看看他們是怎麼想的。

他選擇不與他們爭論，而是——與他們成爲朋友。這聽起來很瘋狂，但更瘋狂的是他成功了。他說服兩百多名三K黨成員放棄他們的長袍。

許多與戴維斯見面的三K黨成員，其實從未見過黑人，更別說尊重了。他們對待黑人的態度，完全是取決於他們的團體。因此，當戴維斯選擇以朋友的方式接近他們時，這種友好和尊重，讓三K黨成員開始質疑他們以前所知道的一切。

然而，拋棄舊有的信念是可怕的。他們會陷入心理鬥爭中——戴維斯說：

「幾個月以來，他的三K黨朋友總是努力找個跛腳的理由，好讓自己的邏輯自洽。」像是他們會說：「嗯，你不一樣，戴維斯」，或者是編造個複雜的理由來解釋他們爲什麼尊重他。他們試圖說服自己以前的觀念沒錯，只是眼前的這個好黑人是個特例。

在說服上，我們只需做到這一步即可——展示與他們先前信念相悖的經歷，讓他知道還有這樣的可能性。至於後續，他是否正視自己，改變他的觀點，那是他自己的課題（改變是他人無法干涉的，除非他願意，否則誰都無法改變他）。

洗腦最高招，讓對方「以爲是自己想出來的」

有時候你看別人，這個做的不對，那個做的不對。於是出於好心，想爲他們「提建議」。但別人跟你非親非故，憑什麼要聽你的？他最不需要的，就是一個外人在旁邊指導他做事。

你可能沒有意識到，提建議的本質是一種「權力控制」。是你想要干涉對方，讓對方按照你的意見行事——這也暗示著你的地位比他高——比如師長、父母、主管上司等會對你提建議，指出你有哪些地方需要改正，而下位者往往是沒有提建議的權力的。

尤其是成年人，一旦察覺到你想控制他們，那馬上就會轉爲防衛姿態。然而，不給建議好像也不太對，因爲你確實想幫助他，該怎麼辦？

有個好方法：你表達，但你不說服。你只提供訊息給對方參考，但不給建議。如果他照做，那是他自己得出的結論，是他自己做的決定，因此他不會反感。

比如，艾瑞克．埃德米德斯（Eric Edmeades）講過一個例子：「你要怎麼說服父母帶你去迪士尼玩？」

一般的小孩可能會哀求父母：「我眞的超級想去迪士尼，拜託！我答應會整理房間！」而父母一旦不同意，小孩就會大哭大鬧。

但如果換位思考，以父母的角度，什麼樣的訊息，才會讓父母主動提議帶孩子去迪士尼呢？

答案是小孩的成績。

於是，艾瑞克扮演小孩的口吻：「你們說的對，大學成績眞的很重要，我必須在這方面加把勁。你知道什麼更有趣嗎？大學不僅僅對成績感興趣，他們對有趣的孩子更感興趣，他們喜歡有創新能力的小孩。所以我正在盡力學習這些，有一些令人難以置信的人，你們知道尼古拉·特斯拉是誰嗎？當然還有湯馬斯·愛迪生，然後還有喬治·盧卡斯和華特·迪士尼，還有，嗯，伊隆·馬斯克和理查·布蘭森，我對他們感到非常興奮。所以現在我正在做一個項目，研究華特·迪士尼，如果你們有任何關於華特·迪士尼的書籍、文章或影片，任何可以幫助我更了解華特·迪士尼的東西，請告訴我。」

現在，去迪士尼變成了誰的主意？父母的主意。雖然他提供了很多引導，但最終的決定是父母提出的。所以，當你想要向他人提出忠告和建議時，你應該表現的好像是提醒他們忘掉的事，而不是指導他們做沒考慮到的事。

重點複習

- 人的眼睛結構決定了我們閱讀時需要頻繁移動眼球。短句可以起到斷句的作用，讓眼睛得到休息。
- 用舊知識解釋新知識：利用讀者熟悉的概念和事物解釋新訊息，降低解碼成本，提高理解速度。
- 壓縮包：人腦會將零碎知識壓縮成「大文件」（壓縮包）。每個人擁有的「零碎知識」不同，因此即使是相同名稱的「壓縮包」，內容也可能不同。
- 知識的詛咒：避免過度使用專業術語和行話，否則會讓讀者無法理解，失去閱讀興趣。例如用「肌肉不均勻」代替「骨骼肌異質性」。
- 一千個哈姆雷特：同一句話，不同讀者可能得出不同結論。作者需要解釋清楚自己的思考過程和邏輯，避免誤解。
- 基模：一種基礎的壓縮包，包含大量細節，可以利用已有的基模解釋新事物。

- 展示與價值觀相反的經歷：不要試圖直接說服，而是用故事、案例等展示與讀者價值觀相反的經歷，讓他們自己反思。
- 避免結論先行：直接拋出結論容易引發爭吵，應循序漸進，引導讀者思考。
- 你表達，但不說服：只提供訊息，不提建議，讓對方自己做決定。

練習

- 將一篇充斥專業術語和複雜概念的文章改寫成通俗易懂的版本，並比較兩個版本在閱讀體驗上的差異。
- 選擇一個你熟悉的專業領域，嘗試用基模，向一個對此一無所知的人，解釋該領域的核心概念。
- 嘗試將一篇在網路上引起爭議的文章，將訊息表達的前後順序調整，看看兩篇的差別。

PART 3

編碼

如何建構一篇完整的文章？

很多人在寫文章時，往往是想到哪，寫到哪。可是這樣只會導致兩種情況：

・一種是寫著寫著就偏離主題，救不回來了。

・另一種是脈絡不清晰，前後邏輯打架，不得不一直來回修改。

而我們在寫作時，其實跟蓋房子沒什麼區別——最重要的是設計圖——先把文案的框架搭建出來後，再按圖施工。所有的長篇文章都是由較小的、相互關聯的想法集結的。因此，爲了讓寫作更容易，在寫之前，應該「先列出你想在文章中涵蓋的所有想法」。但是，想法是藏在腦子裡虛無飄渺的東西，平常都是神龍見首不見尾的，那到底該怎麼將其深挖出來？

在一九四〇年，一位名叫楊傑美（James Webb Young）的廣告主管出版了一本簡短的指南《創意，從無到有》。

他認爲寫作（挖掘想法）的過程，總是分爲五步驟：

第一步：收集新材料。當你決定好要寫什麼題目後，就去大量翻閱這方面的資料。

第二步：集中思考這些資料。

第三步：遠離問題，把腦子關機。不再去想這文章的任何內容，你可以去做任何不相干的事情，像是看電影、爬山、散步、跟狗玩、跟朋友聊天，但就是不要再去看你的資料了。

第四步：記錄你腦中不斷冒出的靈感，用隨身筆記記下（也是在這一步，收集所有文章該涵蓋的想法）。

第五步：組織你的想法。等靈感累積的差不多後，就按照大綱編排，一次性寫出來。

俗話說：「最高的效率是不返工。」一稿直接過，是最高的工作效率——你可以做得慢，但是要一次做對，一次做全。因此，寫文章不是拿到題目後就一個勁的猛寫，而是要先收集訊息、挖掘想法、羅列架構。只有當設計圖先畫好後，才能確保後續的創作不會反覆折騰。

嚴格抑制動筆欲望

薩爾瓦多．達利是二十世紀著名的超現實主義畫家，他以獨特的方式激發自己的創作靈感。

首先，他會進行一段專注的思考，集中於某個主題，仔細考慮其線條、框架、構圖。接著，他會騰出一大段時間，讓大腦放空——坐在椅子上，手握一把鑰匙，當他進入夢鄉時，手一鬆，鑰匙掉落的聲音就會將他喚醒。這樣，他就能在半夢半醒間捕捉到夢中的點子，然後帶著這些靈感，回到清醒的狀態下，繼續創作。

如果從科學角度解釋這個行爲，就是人腦有兩種工作模式，分別是「集中思維」和「發散思維」。

集中思維是你專注時的狀態，比方說，讀書時絞盡腦汁地理解一個概念。不過，集中思維會有侷限，它會把答案都約束在大腦的特定區域內，如果問題的解決方案也在裡面就沒問題；但如果不在，那你想破頭也解不出來。

發散思維則是你在做白日夢，或是發呆時發生的狀態。雖然乍看之下在偷懶，但大腦仍然在後台運作。在發散思維中，大腦對於想法的限制很寬鬆，新想法進來後，到處亂竄，哪個區域都可能巡到，那就有可能路過正確答案所在的區域。

大腦的特點是——一次只能維持一種思維狀態。也就是說，當你進入專注模式時，發散思維的大門就會自動關上，反之亦然。因此，爲了進入發散狀態，我們需要主動關閉集中模式。這就是爲什麼我們常常聽到創作者說，他們在散步、洗澡、上廁所、聽音樂、爬山等等與工作無關的活動中，會突然獲得靈感了。

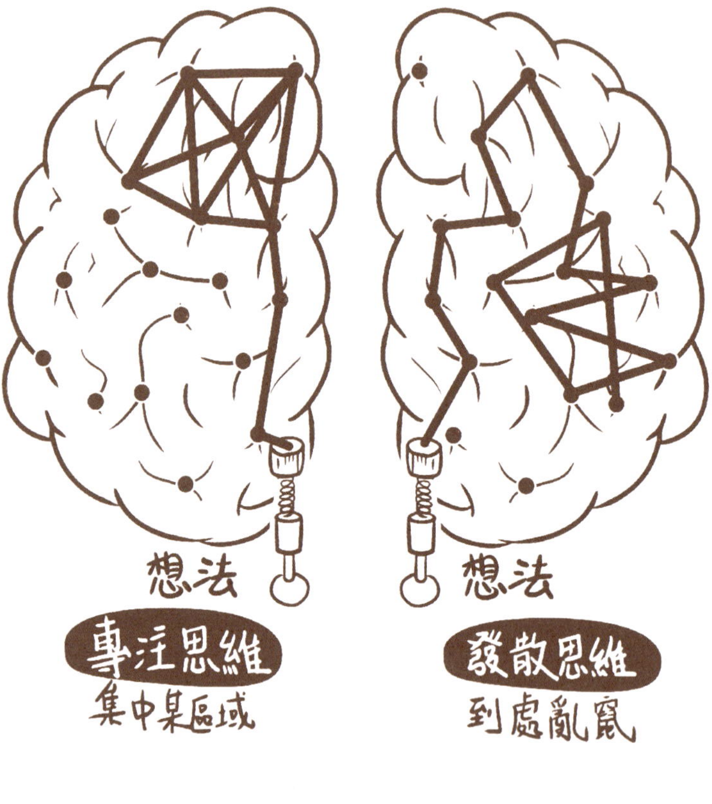
想法
專注思維
集中某區域
想法
發散思維
到處亂竄

了解這一點後，我們便能理解，爲什麼上班族、小編或是任何體制下的文字工作者，常常寫不出什麼好文章，或是一提到要寫作，他們就要難產了。這是因爲他們從一開始的寫作流程就是錯的——他們在接到主管下達的任務後，往往就是待在座位上熬個八小時，硬生生的把文章生出來。

他們缺乏切換到「發散模式」下的過程。

正確的做法是，當你選定主題，把你手頭上的資料都咀嚼消化後，就要嚴格克制自己的創作欲望，主動把大腦關機。對，就是做一些其他的事情，忘記這個工作項目——你可以到處走動，跟朋友聊天，或是做很多不相干的事情，像是看影片、看漫畫等等。

這概念就像在做麵包，揉完麵團後，不能馬上拿進烤箱，得先靜置在陰暗處，讓酵母菌發酵。同樣的，寫作也需要一段讓腦袋發酵的時間。這樣做的目的是交接，讓處理工作這種麻煩的事情，轉交給潛意識執行，也就是切換到「發散思維」。

在處理訊息的效率上，潛意識每秒可處理約一千一百萬比特的訊息，對比之下，意識僅能處理五十比特。兩者效率相差二十萬倍。因此，僅依靠意識寫作，很難寫出「論點完善」或「切入角度犀利」的文章。

而在醞釀過程中，大腦是不會停止工作的，即使沒有在寫作，潛意識也依然持續地在消化和碰撞訊息。這時候靈感會不分時段突然冒出，你要做的事情，就是收集這些靈感：打進手機備忘錄，或是寫在紙上。每個靈感都會提醒你，針對這主題，可以寫出哪些面向。等到靈感累積足夠時，腦中就會有個聲音告訴你：夠了。

這時，你就挑個時間，花一到兩小時，一次性地把文章寫出來。

記錄腦中竄出的單字

作家史蒂芬．平克（Steven Pinker）曾說：「寫作之難，在於將網狀的思維，轉變爲樹狀的句法，並以線性的文字展開。」

我們腦中的想法，其實是像棉花糖一樣，散亂並糾結成一塊的。一個良好的寫作流程，就是先將腦中散亂的想法記錄下來，接著再抽絲剝繭，以心智圖的方式將它們連接成網狀結構，最後再以線性的文字呈現。

作爲練習，我們來模擬一次寫作的過程——假設你閱讀了大量關於「龜兔賽跑」的資料，然後去河濱散步，這時，你腦中會突然湧出很多靈感。

第一步，記錄這些靈感。

例如，你可能想到的詞語包括：烏龜，兔子，生理差異，大樹，睡覺，終點，比賽，獎勵，心態，對手，落後，領先。

用心智圖串接所有要點

第二步，構建網狀思維。

網狀思維，也就是「心智圖」。你需要評估之前所羅列的所有單字，然後將有關聯的部分，用線連接起來。過程中不用注重美觀，畢竟是寫給自己看的，只要實用就行。通常你會在上面畫滿各種連接箭頭、主次符號，以及留下劃掉的

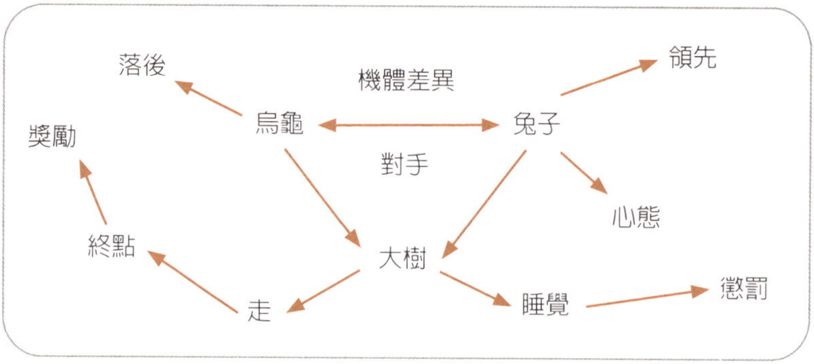

痕跡，就好像是你在算數學時，所用的演算紙一樣。事實上，你也真的是在演算，只是演算的是想法，是它們之間的關聯性和主次關係。

這樣做的目的是理清思路，形成大綱，如上圖。

以線性草稿撰寫

第三步，將心智圖轉化爲具有「線性邏輯關係」的草稿。

雖然心智圖能有效統整想法之間的聯繫，但它有一個致命缺陷——你會看不出哪邊是開頭？哪邊是結尾？所以，我們需要進一步調整，將心智圖按線性邏輯，分段整理。

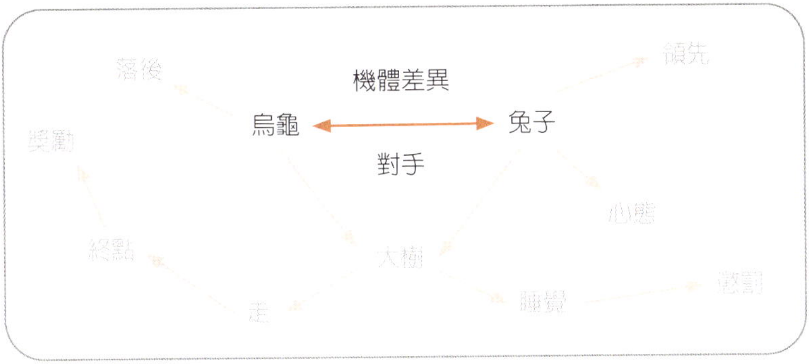

第一段：烏龜和兔子是對手，雙方有生理差異。

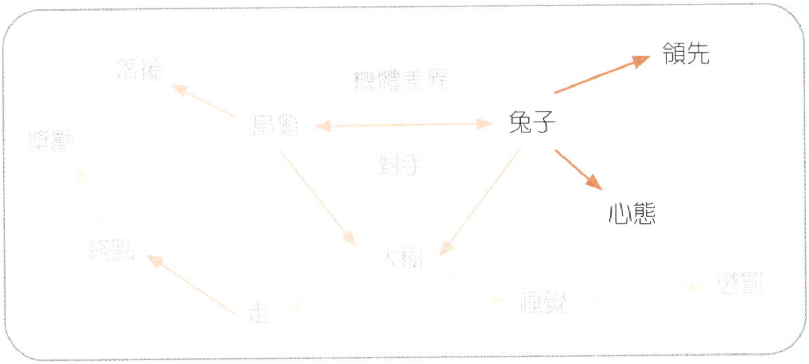

第二段：兔子領先時，他的心態如何？

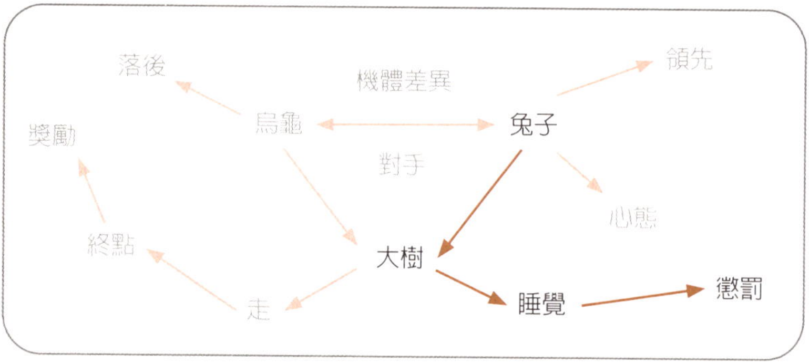

第三段：兔子跑到大樹下睡覺，受到懲罰。

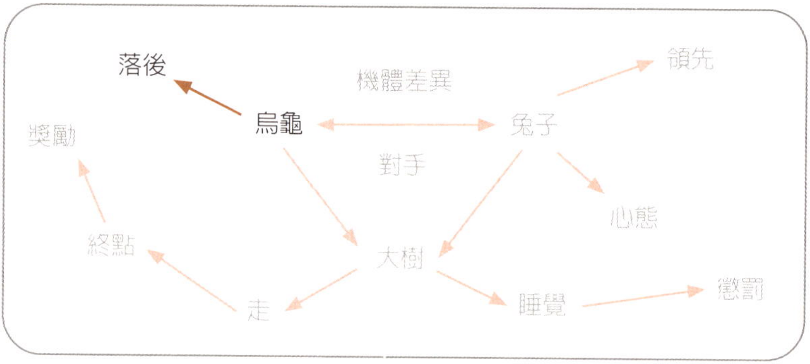

第四段：烏龜落後。

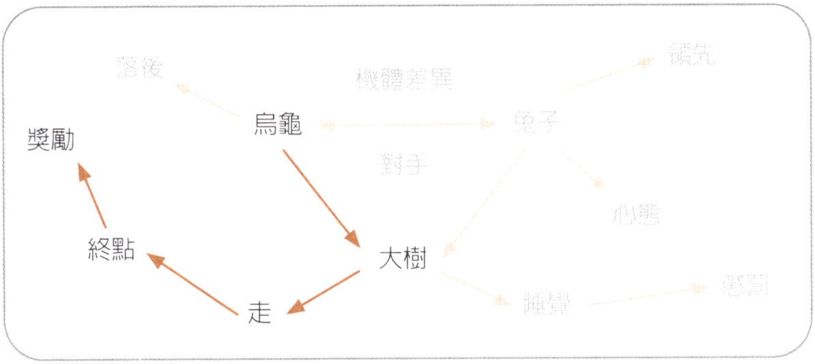

第五段：烏龜經過了大樹，超越兔子後，他繼續走，
最終到達終點，獲得獎勵。

接著，將所有的段落組合在一起，並潤飾前後結構。如下：

爲什麼烏龜兔子要比賽→贏了有什麼獎勵，輸了有什麼後果→烏龜和兔子有生理上的差異→在比賽時對於勝負的執著不同→開始比賽→兔子領先→但偷懶睡覺→烏龜落後→但堅持走到底→獲勝對於烏龜有什麼意義？

到了這一步，你文章的「框架」就完成了——這也是將網狀思維轉化爲線性文字的過程。有了文字框架後，下一步，你需要填補中間的血肉。

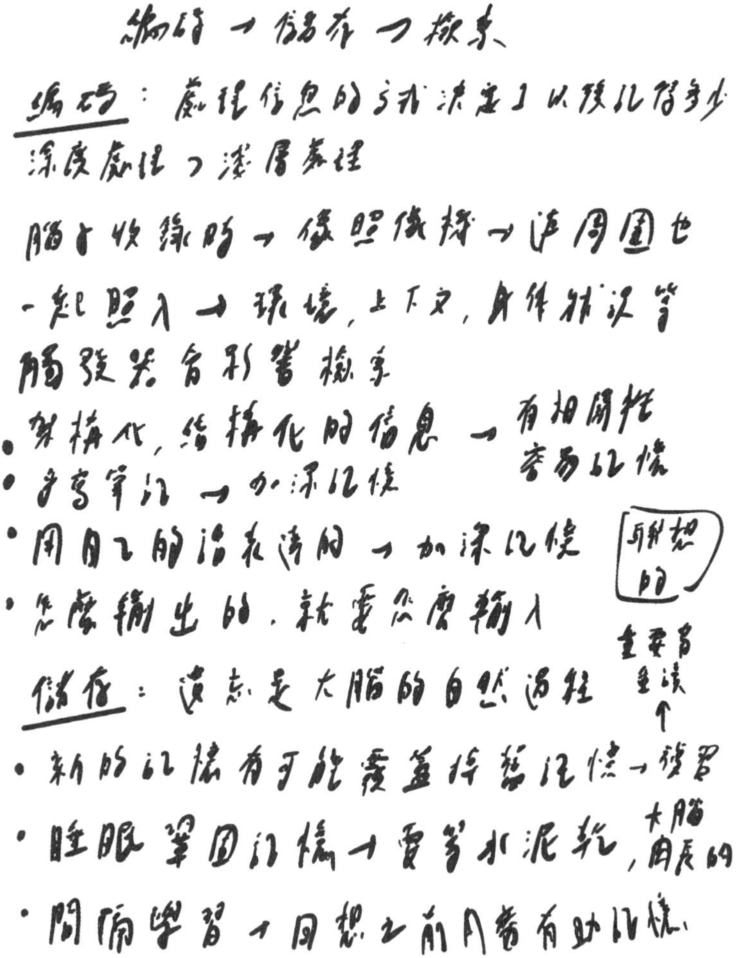

我自己寫作時畫的線性草稿

段落是最小思考單位

寫作是紙面上的思考。你寫文章的形式，就反映了你的思考方式。

文章應該要以段落作爲思考單位，而非單獨的句子。因爲句子思考就只會關注句子本身，而段落思考則會重視句子之間的關係和連結。因此，如果你要把腦袋裡的想法寫清楚，只靠句子是解釋不清的，你得靠句子與句子間集結而成的段落，用整個大篇幅去解釋。

史帝芬．金提到：「最重要的部分就是段落，因爲段落就代表書想表達的內容，段落等於書的地圖。」

如果我們將文章框架以「段落形式」撰寫，會是這樣：

段落一：爲什麼烏龜兔子要比賽？

在大乾旱的夏天，草木都枯死的差不多了。村子的生存危在旦夕，村民們每天都在爲水源而煩惱。於是，村長決定舉辦一場賽跑比賽，選出一位勇者去尋找水源，拯救村子。

段落二：贏了有什麼獎勵，輸了有什麼後果？

贏家可以獲得村裡僅剩的乾糧。此外，還能獲得村民讚賞的目光，成爲村子的英雄。輸家的命運則會跟村裡其餘人一起餓死，這是一場關乎生死的比賽，每個參賽者都背負著沉重的壓力。

段落三：烏龜和兔子的差異

烏龜和兔子有生理上的差異。兔子天生跑得快，擁有強壯的後腿。而烏龜則腿短，行動緩慢，但他有堅硬的外殼和驚人的耐力，能夠長時間穩定的前進。

段落四：在比賽時對於勝負的執著不同

兔子懶散慣了，對勝負沒有太大的執著。而烏龜從小就被村民瞧不起，一直渴望證明自己，這場比賽對他來說，是改變大家看法的機會。

段落五：開始比賽

比賽開始時，村裡只要還走得動的動物都參賽了。村長一聲令下，所有動物都邁開腿奔跑。兔子像一道閃電般衝出起點，迅速領先，而烏龜則穩步前進。

段落六：兔子領先，但偷懶睡覺

兔子果然遙遙領先，一下就跑到山頂上了。他回頭一看，發現第二名才走到山腰處，於是決定先睡一覺。心裡想著即使睡一會兒，其餘人也追不上他。

段落七：烏龜落後，但堅持走到底

烏龜雖然落後，但他一直邁著穩健的步伐，從未停下。在其他人休息時，烏龜是一刻都不敢放鬆。最終在兔子熟睡時，悄悄地超過他，奪得勝利。

段落八：獲勝對於烏龜有什麼意義？

當烏龜抵達終點時，村民歡呼，烏龜被視爲勇者，證明了自己的價值。他不僅贏得比賽，還贏得村民的尊敬。這場比賽對烏龜來說，是對自己的肯定。隨後，烏龜踏上尋找水源的艱難旅程，肩負著拯救村子的重任，成爲眞正的英雄。

將這些段落結合起來，就是一篇文章的初稿了。

寫初稿時不審查

編輯會遏制創作。

「初稿」和「編輯」的關係，就像是油門和煞車，你不能同時加速和減速。寫初稿時，最關鍵的就是，不要讓自己的創造性思維受到干擾——過程中不要糾結於語法、不要自我審查、也不要停下來重讀。

遇到不會寫的字，沒關係，用其他字替代。你不是在做外科手術，不用細細斟酌每一刀的出刀方向。即使你寫錯什麼，或是整篇都是垃圾，也別在意，你可以隨時丟掉或修改。

有個洞見是——只有當你累積足夠多的素材後，才能在後續的編輯中，篩選出寫得比較好的部分。因此，你要允許自己創作「無用內容」，不管是成熟的或不成熟的思緒，統統寫進來。

如果你的目標是寫一篇兩千字的文章，而你剛好只寫了兩千字，那這也許是一篇「尚可」的文章；但如果你寫了五千或六千字，然後將其刪減到兩千字，那這肯定會是一篇更好的文章。

用你自己的聲音寫作

每個人都有獨特的講話風格。

一篇文章裡，如果你同時引用多位作者的「文章片段」，這些風格就會開始打架——讀者就會像在看大雜燴一樣，好像有很多人在說話，看不出來這篇文章到底是誰寫的。因此，沒處理好的素材，會喧賓奪主——害你喪失自己的聲音。那麼，到底該怎麼正確的處理素材？

很簡單，你得內化成自己的想法。要重寫而不是直接拿來用——意思是，如果你只是單純修改得順口一點，那這還是他人的口吻，放在你的文章裡還是有突兀感。所以你應該用「默寫」的方式，不看參考資料，嘗試將那些抽象概念用自己的話寫出來。

你要讓整篇文章只有一個聲音——你的聲音。作為作家，你唯一的商品是你自己。要培養一種讀者一讀文字，就能認出來的聲音。

說服人的完整結構

一篇完整並能觸及讀者價值觀的文章，在架構上會包含三個部分：

前置知識

客觀資訊

結論

它的原理是——每個人在接觸「客觀資訊」時，都會根據自己的經驗、知識和信念等綜合起來的「前置知識」，推導出他自認爲最合理的「結論」。

因此，雖然客觀資訊是相同的，但由於前置知識的差異，導致各自有不同的解讀。

所以，我們在寫文章時，並不能僅僅告知你的結論就行。因爲萬一你的結論跟讀者不符，他就會想反駁，那容易陷入意識鬥爭。相反的，你需要完整地表達你的前置知識，把你之所以這麼想的理由、思考過程……都原原本本地說清楚。你要知道，許多人其實並不具備你的前置知識。

有時候，你會陷入一個迷思——把讀者想的太聰明。認為他跟你一樣，對你從事的行業有所涉略，能明白你所講的全部內容。但事實上，人的精力是有限的，他都忙著做自己的事情，往往是對你的專業領域一無所知，因此在很多情況下，讀者其實是一張白紙，完全不懂你所要表達的那些論點。

只有當你解釋清楚，說出你的前置知識和思考邏輯，降低雙方的「認知落差」後，讀者才能意識到自己的思考盲區，並接受其他不同的思考方式。這樣也才能「覆寫」讀者的價值觀，使他與你達成共識，產生相同的結論。

我用一個簡單的例子解釋，假設我跟一位植物學家同樣在爬山的過程中遭遇山難：

我現在看到了一朵鮮豔的蘑菇。因為肚子實在餓到不行，我就會直接把它吃掉，因為我根本不知道什麼能吃、什麼不能吃。

而植物學家則不會去碰這朵蘑菇，因為他知道這是有毒的。

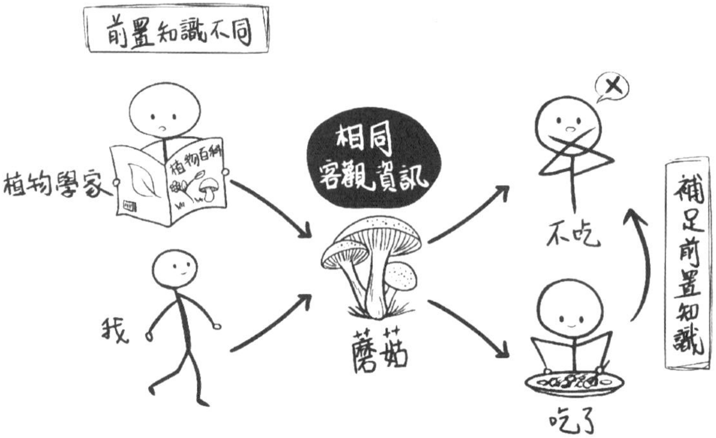

在前置知識方面，我一無所知，而植物學家則經驗豐富。因此，當面對相同的客觀資訊（鮮豔的蘑菇）時，我們得出的結論就會截然不同：我認爲可以吃；植物學家認爲不能吃。

多數人的文章中，通常只會單純地給出結論。好一點的會跟你描述事情的經過和結論。不過有少數優秀的文章，還會跟你說，他爲什麼是這樣想的，推理邏輯爲何，以及他知道哪些你所不知道的觀點。

因此，好的文章不是告訴你：「香菇別吃。」

也不是告訴你：「在野外看到鮮豔香菇，別吃。」

而是告訴你：「爲什麼鮮豔香菇不能吃？怎麼判斷？」除了資訊和結論外，還解釋了整個背後的邏輯原因。

因此，爲了要解釋完整的觀念，你需要把文章寫長。只有補足了讀者前置知識的不足，讓他們在觀念上和你同步，他們也才能得出跟你一樣的結論。

受眾思維：站在讀者的立場說話

讓我們進行一個假想實驗：假設你要搶銀行，當你拿著槍走進去時，第一句話會說什麼？電影看多了後，台詞不外乎是：

「全部趴下！你，還有你，口袋裡是什麼，拿出來！其他人別抬頭，趴好！別怪我開槍！」此時，所有人都乖乖趴下。

但被喝斥的人們心裡在想什麼？他們眞的被說服了嗎？如果被說服了，但那是心甘情願的嗎？反正我知道，如果是我被這樣威脅，那我表面上會乖乖遵守，但背地裡，卻有可能趁搶匪不注意時報警。然而，報警是搶匪想要的結果嗎？顯然不是。

讓我們看看另一個例子，同樣是搶劫，大盜李師科是怎麼說的？

一九八二年四月十四日，李師科蒙面持槍闖入銀行，在確認過警衛不在後，他大喊：「錢是國家的，命是你們自己的，我只要一千萬元，你們不要過來。」你看，他這說法就很高竿。

「錢是國家的，命是你們自己的」——他不是自說自話，而是站在銀行職員的角度上，清晰地剖析利益關係。銀行職員聽了會想：「對啊，我爲什麼要冒險呢？激怒歹徒，我可能會喪命，何況錢又不是我的，丟了也不用我賠。我冒這個險幹嘛？就算報警成功，搶匪被抓，我也得不到什麼好處。」於是，李師科成功搶劫了五百三十萬，揚長而去。

這種「站在別人立場」的說話方式，在寫作中被稱爲「受眾思維」——不要總是用自己的立場看事情，而是要換位思考，從他人的角度出發。

你想想，除了日記外，我們大多數的文章是寫給別人看的——文字是爲了影響他人——但如果你總是站在自己的立場上，寫些自娛自樂的自嗨文，那別人會想看嗎？多半是不會的。

實際上，任何訊息能夠吸引注意力，都是因爲它能夠以某種方式逃過大腦的「訊息篩選」。畢竟，每天要處理的訊息量實在太大，大腦不可能處理每一條訊息。於是，大腦的前額葉皮層在篩選訊息時，只會優先處理——跟自己密切相關的訊息。也就是說，讀者最關心的是他們自己。

讀者就像是活在自己故事裡的國王，一切以他爲主。他不在乎你是誰。他不想看你怎麼表達自己，而是想看你怎麼表達他——他只想看到任何跟他有關的內容——他之所以會在朋友圈分享你的文章，是因爲「這就是我」「我就是這麼想的」「這作者幫我說了我想說的話」。

本質上，他只是拿你的內容，來爲他的形象背書。

因此，每次發文前，都要先問自己：如果我是讀者，我會有興趣看到這篇內容嗎？是跟我切身相關的嗎？我分享後，那能爲我的形象加分嗎？

如果都沒有，那就刪掉。

二戰期間，貝爾實驗室的科學家們，面臨一個棘手問題：如何克服通訊過程中的噪音。當時的訊息，主要是透過「無線電」傳遞。然而，閃電、太陽活動，甚至汽車、飛機和其他電子設備，都可能干擾信號。例如，將原本代碼中的0變爲1，或把1變爲0。

一開始人們想到的解決方案，是增強信號強度，使其遠高於雜訊——但這其實是囚徒困境——如果每條通訊都扯著嗓子大喊，那聲音是變大了，但彼此的干擾也會隨之增加。這就像你去看電影，如果前面的人站起來，你是不是也被迫要站起來才看得到？因此，這除了讓大家更累之外，沒任何用處。

而克勞德．香農（Claude Shannon）提出的洞見是——增加資訊的「冗餘度」，也就是在訊息中增加額外內容，以抵抗噪音帶來的干擾。舉個例子，假設我們需要傳遞兩個字母：A和B。我們用0和1進行編碼：

・A＝0

・B＝1

但是，這種簡短的編碼方式，在面對噪音時，風險很大——如果雜訊將第二個0變成1，那原本的消息「00」就變成「01」，結果訊息就從「AA」變成「AB」。那麼，該怎麼解決這問題？答案是爲每個編碼增加一些冗餘。例如，我們改用五個數字來代表一個字母：

・A＝00000

・B＝11111

這樣一來，就算途中因爲雜訊出了差錯，比如你收到「00001」這樣的錯誤編碼，你也能推測出，它應該是「00000」的變體，即「A」。所以，透過增加訊息的冗餘，即使有噪音干擾，我們也能準確地還原原始訊息。

仔細想想，我們日常說話時不也是這樣嗎？

我們說的話中，都有很大的冗餘，有時囉哩囉嗦，同一個意思會一直重複說好幾遍，但這樣的好處是確保，就算你有好幾個字沒聽清楚，你也能大致掌握話裡的意思。

這延伸出來的洞見就是——你的編碼得考慮到「出錯」的可能性——如果每個字都是壓縮包，別人少聽到一個字就會漏掉一大段訊息，那這樣子雙方溝通就沒有容錯空間了，容易誤會彼此的意思。而爲了讓他人充分理解，最好的方式不是對他大吼大叫，而是多講幾遍。就像冬天時，你媽媽要你穿厚外套一樣，也是會一直耳提面命的，一句話重複三四次，直到你眞的穿上爲止。

因此，囉唆的寫作並非壞事。事實上，囉唆才能把你要表達的思想寫清楚——過於簡潔的表達，只會導致訊息遺漏或誤解。

寫文章時，如果你的觀點特別新，語言又很簡練，那資訊量就會過大，別人會很難理解，或產生很多歧義。例如，《易經》是以文言文撰寫——文字簡練，也不多做解釋，幾乎沒任何廢話。但這卻給後世的解讀，帶來很大的麻煩。像是短短一句：「地勢坤，君子以厚德載物。」就有兩種不同的解釋方向：

- 朱熹認爲：君子要寬宏大量，待人友善。
- 王弼認爲：君子要承擔自己的責任，爲社會做出貢獻。

誰說的對？沒人知道。

正因爲易經「過於簡潔」，不給予足夠的「囉唆解釋」，這才導致後人怎麼解讀都可以，但誰都沒把握自己的理解是對的。因此，眞實世界裡的傳播，要輔以大量的訊息冗餘，就是我們常說的「重要的事要說三次」。

在商業寫作、科普文章或教材中，清晰度往往比文學性更重要。現在寫作追求的是思想傳遞，通常是向陌生人解釋他們從未聽說過的概念，那你就得用大量篇幅和冗餘去描述。所以別怕人嫌你囉唆。重要的事情就是要重複講，換個角度講，用很多篇幅去講（字越少越模糊，理解也就越失焦）。

重點複習

- 寫作過程分五步驟：收集材料、集中思考、遠離問題、記錄靈感、組織想法。
- 抑制動筆的衝動：不要一開始就急於動筆，而是先收集訊息、挖掘想法、羅列架構，就像蓋房子要先有設計圖一樣。
- 切換思維模式：人腦有集中思維和發散思維兩種模式，透過主動切換到發散模式（如散步、聽音樂等），可以更有效地激起靈感。
- 記錄靈感：靈感出現時要及時記錄，這些零碎的想法是構成文章的重要素材。
- 構建心智圖：將記錄的靈感用線條連接起來，形成網狀結構，幫助理清思路，形成大綱。
- 線性草稿：將心智圖轉化為線性邏輯的草稿，明確文章的開頭、結尾和各部分之間的關係。

- 以段落為單位思考：文章應該以段落為單位進行思考和寫作，每個段落都表達一個完整的意思。
- 初稿不審查：寫初稿時不要糾結於語法和細節，要保持創作的流暢。
- 用自己的聲音寫作：將素材內化成自己的看法，用自己的語言和風格重新表達。
- 闡述前置知識：為了使讀者更好地理解你的觀點，需要闡述清楚你的前置知識和思考邏輯，降低與讀者之間的認知落差，引導他們得出相同的結論。
- 受眾思維：讀者最關心的永遠是自己，避免自說自話、自娛自樂。
- 冗餘的價值：「囉嗦」並非壞事，適度的冗餘可以確保訊息準確傳達。科普時要考慮到讀者的知識背景，對於複雜的概念更是要重複的說明。

練習

- 選擇一個你感興趣的主題，嘗試按照上述的寫作步驟，先抑制動筆欲望，進行充分的構思和框架搭建後，再開始寫作。
- 選擇一篇你認為結構清晰、邏輯嚴謹的文章，分析作者是如何運用段落來組織訊息的？
- 嘗試用自己的語言，重新闡述一則你最近閱讀過的文章的筆記段落。

PART 4

改文

好文章不是寫出來的，是改出來的

任何優秀的作家都明白一個道理——好文章不是寫出來的，是改出來的。

文案大師和一般人在初稿階段，是沒有區別的——寫得同樣糟糕，但就是這後續的修改，才讓文案大師的文章產生質變。像是諾貝爾文學獎得主海明威曾直言：「初稿是屎。」他說自己所寫的每一頁傑作，背後都伴隨著九十一頁的垃圾，只不過他會將那些垃圾扔進垃圾桶裡罷了。也就是說，一篇文章的優劣，最直觀的判斷標準，就是你在修改上投入了多少時間。

關於文案寫作的眞正技巧是：拿著那個粗劣的草稿，打磨它。你可能會需要增加一些字詞、刪減整段句子，或是改變段落的順序。但正是在初稿後所下的功夫，才讓整篇文章截然不同。

文本診斷法：掃描文章「違禁品」

當你擬好初稿後，下一步就是進行編輯。

編輯是將大理石雕刻成大衛像的過程，也是區分「平庸作家」和「專業作家」的分水嶺。

在編輯過程中，我們需要先談談「文本診斷法」——就像旅行前必經的安檢。想像一下，你將隨身行李放在安檢通道上，「X光線」會精準地檢測出任何的違禁品，而只要被檢驗到，你會被拘留在原地。在寫作中，這些「違禁品」對應的就是你文章中的「癥結點」，也是編輯時需要修改的地方。同樣的，當這些癥結點被讀者察覺——他看不懂或讀起來不順時，他也會把書本放下，停止閱讀，那這絕對不是你想看到的結果。因此，爲了使讀者能流暢的閱讀文章，在編輯上，我們需要先掌握「文本診斷法」的運用。一共有三招：

- 朗讀檢查
- 間隔一天查看
- 請他人審稿

朗讀檢查

每個人都有內建一個默讀系統。

閱讀時，你會不由自主地在心中默念。也就是說，你以爲你是在讀文字，但實際上你是在唸文字。而那些難以說出口的文字，通常也難以閱讀。因此，要大聲朗讀你所寫的每一個字，這樣才能暴露出文案的堵塞和尷尬之處。

如果文案唸起來不流暢——卡頓或難以換氣。這時你就要小心，因爲任何不流暢都會引發讀者的防衛機制。一旦他們需要回讀某個詞句，這就打破了沉浸狀態，我們也就失去了對他們思維的掌控。

所以，我們在寫文案時，一定要反覆大聲朗讀，確保自己能聽到那個聲音。默讀還不行，要朗讀，自己讀得順，語感舒服，別人才能讀得順，也舒服。而只有讀得舒服，沒有心理防線，這才不會抗拒你的思想。

每次修改前，要間隔一天

編輯不是趕工。

寫完後要放一放，別急著立即修改。你的作品在剛寫完時，總是會看起來不錯——這是因爲你的大腦有很強的腦補能力，會自動掩飾文中的不合理之處。

因此，你需要給自己一些時間遺忘內容。最好是等到連自己都不太熟悉時，再回頭看。隔一天再查看時，你可能會發現自己想著：

- 「我當時寫這句話是什麼意思？」
- 「這裡怎麼連貫下去的？根本說不通啊！」
- 甚至多次自問：「這到底是誰寫的爛文章？」

在寫作和編輯之間等待二十四小時，有其目的性——讓你以新鮮的眼光，重新審視當時在寫作裡所忽略的問題。這樣你就可以像審讀別人的作品那樣，更客觀地發現作品的缺點。

請他人修改

所謂當局者迷，旁觀者清——有些問題，你受困於有限視角，想破頭都發現不了，但別人卻能一眼看出。

因此，如果這篇文章很重要，那你可以找個可靠的朋友幫忙審稿。請他一一標記讀起來感到困惑，或是讓他分心的地方。

但要特別注意的是，你請他人幫你改，是指請他人幫你「標記出」他看不懂的部分，而不是眞的讓他幫你改文章。有句俗話是：「別人指出你問題所在的地方通常是對的，但他們給出的解決方案通常是錯誤的。」

每個人的口吻（說話語氣）是不同的，他可能會因爲你的字句偏離他慣用的口吻，而做出修正，但這不對，雖然這句話是眞的不通順，但是也應該是由你自己來改，用自己的口吻使其通順，而不是讓文章呈現出他人的口吻。

重點複習

- 文本診斷法：類似安檢的X光線，用於找出文章中潛在的問題（違禁品）。
- 朗讀檢查：透過大聲朗讀，可以發現文章中不流暢、卡頓或難以理解的部分。
- 間隔修改：不要急於修改剛完成的文章，最好間隔一天以上再進行修改。
- 請他人修改：當局者迷，可以請他人幫忙檢查文章，更容易發現自己難以察覺的問題。

練習

- 選擇一篇你寫過的文章，嘗試大聲朗讀，並記錄朗讀過程遇到的任何停頓或感到彆扭的地方。
- 將你的一篇文章放置至少一天後，再進行修改，並記錄你對文章的新想法或發現的問題。

- 與朋友交換，互相檢查對方的文章，並交流修改意見。

編輯準則一：刪字——確保關鍵訊息是關鍵

編輯的第一紀律，就是「確保關鍵訊息是關鍵」！在修改一篇文章時，你要凸顯「訊息重點」——文章要精簡到位，而不是東扯西扯繞圈子。最簡單的方式是刪除無關緊要的訊息。就像米開朗基羅說的：「雕像已經存於大理石中，我只是去除多餘的部分。」

刪除贅字

生動的文章必是簡潔的。就像一幅畫不該有多餘的線條，一台機器不該有多餘的零件，一句話也不該有多餘的贅詞——如果一個字能說清楚，不要用兩個字。但凡一個字能刪，一定要刪。

比如，海明威的《老人與海》，有贅字的版本：

他是一個年紀非常老的老人，獨自一人坐在一條小船上，在墨西哥灣流的廣闊水域中漂流了很長時間，總共是八十四天，但是他一條魚都沒有捕到。

而海明威原文，是無贅字的版本：

他是個老人，獨自駕一條小船在灣流中捕魚，這回連續出海八十四天，一無所獲。

海明威的原文版本，呈現很高的簡潔性——每個詞都有存在的必要，沒有多餘的贅字。

刪除形容詞和副詞

「動詞、名詞」和「形容詞、副詞」的區別是——動詞和名詞是指向具體事物，而形容詞和副詞是用來描述抽象感知。

從語言的角度來看，通常是當動詞和名詞無法解釋時，才需要發明形容詞和副詞來解釋。因此，後者是理解成本更高的詞。

而形容詞除了理解成本過高外，還有另一個缺點——造成重複「意象」——削弱名詞的強度。例如，你提到「夜幕」，而「夜幕」在眾人眼中就是黑色的。因此，你寫成「黑色的夜幕」就沒必要，只會讓讀者二度接收「黑色」這詞，產生多餘的意象。所以，請刪除形容詞：

- 黃色水仙→水仙
- 紅色火炬→火炬
- 高高的摩天樓→摩天樓

同樣的，副詞也會削弱動詞的強度。史帝芬·金尤其痛恨副詞，他認爲使用副詞，其背後的心理因素是作者不自信。他說：「通往地獄的路是副詞舖就的。」因此，請刪除副詞：

- 收音機嘟嘟叫地響→收音機嘟嘟叫
- 緊緊地咬牙→咬牙
- 毫不費力地容易→毫不費力

刪除弱化词

「弱化詞」是指那些會削弱詞語力量的詞彙。它們在表達中傳遞了不確定性。以下是常見的弱化詞：

- 一些
- 大多數
- 部分
- 可能
- 大概
- 一定程度上
- 某種意義上

好的寫作是精煉而自信的。作者必須堅信自己的觀點。如果對自己的觀點不自信，語句都唯唯諾諾，那乾脆別寫了。因此，在寫作中，只要能去掉弱化詞就去掉——一點兒、某種、頗爲、相當、很、大、非常——這類詞彙只會沖淡你的風格和說服力。

能說「台北九月很熱」，就不要說「某種程度上，台北九月很熱」。

刪除殭屍名詞

「殭屍名詞」是指將動詞轉化爲名詞的現象。當生動的動詞封印成名詞後，就失去了原有的畫面感和活力。例如：

- 「他進行了調查」不如「他調查了」
- 「她做出辭職的決定」不如「她決定辭職」
- 「對戰術的執行進行完美的詮釋」不如「完美詮釋了戰術」

刪除元路標

元路標是指「在文本中爲讀者設置的指引標記」。例如，「本章」「第一小節」「第二小節」等等。這類元路標在演講中非常有用，因爲如果你講得太快，聽眾走神了，那他很容易會不知道現在講到哪裡，而元路標可以幫他定位當前進度。但在寫作中，使用元路標就沒必要，因爲讀者可以隨時來回翻看，不用特別提示章節。並且，元路標也不符合我們日常的講話方式。你想想看，你平時會跟朋友這麼說嗎？

「嘿，我今天要跟你說三件事。**第一件事**是關於我昨天的經歷，**第二件事**是我今天的計畫，**第三件事**是明天的安排。那麼現在，讓我們從**第一件事開始**。昨天，我經歷了一件有趣的事情……」

我想應該不會。我們通常會更自然的引入話題。比方說：

「你猜我昨天遇到什麼有趣的事？對了，我還想跟你分享今天的計畫，順便也聊聊我們明天可以做什麼。」

寫作也是如此。過度使用元路標會讓文章顯得呆板。相反的，我們應該讓文章的結構自然呈現——使用過渡語和提問來引導讀者。

例如：

改前：本章將探討經濟增長的關鍵因素。

改後：什麼推動了經濟的增長？

改前：上一節我們討論了全球變暖的原因，這一節我們將分析其影響。

改後：了解全球變暖的成因後，我們不禁要問：它對世界帶來什麼變化？

謹慎使用代名詞

「代名詞」的作用是替代原有名稱。在描述事件經過時，使用代名詞，如「他」「她」「它」「他們」或「她們」是很自然的。但有個問題是，作者和讀者間有認知落差，往往這些關聯性在作者腦中是清晰的，知道他所描述的那個「他」是誰，但在讀者腦中卻不是這樣的，讀者很容易會忘了這個「他」指的是誰或什麼。

尤其是當描述的人物過多時，代名詞可能會讓讀者眼花撩亂。舉個例子，使用代名詞的版本是：

「小明和小華一起去公園玩。他們在那裡遇到小李。他邀請他們一起去吃冰淇淋。他們同意了，但他說他要先回家拿錢。」代名詞的過度使用造成混淆。誰邀請誰？誰要回家拿錢？這些都不清楚。

改寫後的版本如下：

「小明和小華一起去公園玩。在那裡，他們遇到小李。小李邀請兩人一起去吃冰淇淋。小明和小華都同意了，但小李說他要先回家拿錢。」使用原名，可以確保讀者始終清楚誰在做什麼。

刪除重複詞彙

寫作時，同一個字眼，如果在文中重複太多次，會讓讀者閱讀疲勞。最好用不同的詞替換一下。

舉個例子：「小明**走**進教室，**走**到自己的座位上，然後**走**向老師的桌子」。在這段話中，走用了三次，讀起來乏味。可以改寫為：「小明步入教室，來到自己的座位旁，接著走向老師的桌子。」

或是在描述風景時，不要整篇都用「美麗」這個詞。可以交替使用「迷人」「壯觀」「令人驚嘆」等詞語。這樣讀者在閱讀時，會較有多樣性，不易分心。

去脈絡化

敘述時，如果總是一股腦的把想說的話，都一掃而出，沒有衡量別人的接受程度，那文字就會過於繁瑣。因此，需要適量取捨，將一些「不重要」或「不需要」知道的訊息去掉，這就是「去脈絡化」。

例如，當老闆問你今天爲什麼遲到時，你說：「在十月十日星期四早上七點，我穿著藍色條紋襯衫和黑色長褲，搭乘公車，經過十五站，花了四十分鐘，才抵達辦公室。路上下雨，交通擁擠，我還在車上聽了三種不同的音樂，分別是古典、流行和爵士。」老闆只會覺得你是神經病。因爲你聽什麼歌、搭了幾站、穿什麼衣服……這些都是無效訊息。他只想聽到你說「因爲下雨，公車稍有延誤」，這樣就好。

刪除多餘論點

前面提及，寫作的第一紀律，就是「確保關鍵訊息是關鍵！」那什麼樣的行爲會稀釋關鍵訊息呢？就是過多的論點。

你可能會認爲證據越多，內容越可信。但這就像一杯奶茶一樣，本來奶味濃厚，但你一直往裡面加水，那奶味就會越來越淡。因爲人的大腦有認知缺陷：我們在評估多個證據時，不是在計算總數，而是在計算平均值。

比方你在面試時，與其列出至今所有的工作經歷：外商副總、超商員工、加油站員工……不如只列出外商副總。超商和加油站員工的工作經歷只會拉低你的印象分數。因此，論點太多，不是好事。精選強力的論據，會比堆砌大量論點更有效。

刪字不代表要寫少：精簡不等於內容縮水

刪字指的是用「最少的文字做精準表達」，而不是單純的把文案變短。重點是「精準表達」，使讀者在閱讀句子時不會理解錯誤——要是你刪字刪到走火入魔了，把那些爲了完善節奏，便於讀者分析的句子也刪掉。那文章就會像文言文一樣難懂。

比如，如果將海明威的原文，刪成文言文的版本：

原文：「他是個老人，獨自駕一條小船在灣流中捕魚，這回連續出海八十四天，一無所獲。」

文言文：「老人，獨駕小船，灣流捕魚，八十四天，無獲。」

乍看之下，字數減少了，但同時訊息的準確性也大大降低了。所以，有時文章長一點不要緊，文章長不等於冗長。冗長指的是，對於所有元素的安排沒有邏輯，單純堆砌廢話。但如果你的文字都是必要的，就不叫冗長。該不該刪字的判斷標準在於，句子是否有條理，內容是否實質，以及拼寫是否合文法。都不符合，才刪。

此外，對於寫作來說，最重要的是你的「個人風格」。

我們是需要刪掉很多東西沒錯，但是不要連自己的個人風格都刪掉——你有自己特定的表達方式，這表達方式甚至特殊到，能讓讀者看一眼就認出你來。有時為了讓這特殊風格顯現，你需要忽略傳統的寫作建議。例如，標點符號的使用：

在正式寫作中，很少會使用多個驚嘆號。

但如果是朋友，因爲他們的下午茶被偷吃，感到憤怒時所寫的便條，可能會這樣寫：「別偷吃我的食物!!」這麼多驚嘆號，光看就能體會到他的憤怒。那雖然語法不規範，但是表達的訊息，卻比只使用一個驚嘆號要來得清晰。

因此，不要當文法書呆子；你不能一個勁地認爲不簡潔就是錯，或是用不合乎語法的標點符號就是錯。不要過分地拘泥文法規則，而是專注在如何流暢的傳遞訊息，只要訊息有傳遞清楚了，那就是好寫作。

重點複習

- 編輯：第一要點是「確保關鍵訊息是關鍵」，要像米開朗基羅雕刻作品一樣，去除所有不必要的成分，只保留最精華的部分。
- 刪除無用訊息：包括贅字、空洞形容詞、副詞、弱化詞、強化詞、殭屍名詞、元路標、代名詞、重複詞彙等。
- 去脈絡化：將不重要或讀者不需要知道的細節簡化。
- 刪除多餘論點：只保留強而有力的論據，避免堆砌大量論述，導致說服力下降。
- 刪字的目的：為了精準表達，而不是單純地縮短文章。
- 保留個人風格：寫作要保留個人風格，不要過分拘泥於文法規則。

練習

- 選擇你最近寫的一篇文章，嘗試運用文中提到的刪字技巧（如刪除贅詞、空洞的形容詞、副詞等）編輯它。編輯前後有什麼變化？
- 舉例說明在哪些情況下，為了更清晰地傳遞訊息，可以「適當地」違反傳統語法規則。

編輯準則二：情境——把文章置入「聯合場景」對話中

寫作是在創造一種情境。

什麼情境呢？聯合注意場景情境。它是一種你和讀者共同聚焦於同一場景的對話環境——就好比，你是導遊，遊客站在身旁，面前矗立著一座古蹟，然後你伸出手指指向古蹟，跟遊客介紹其歷史。

在這種情境下，遊客邊觀賞古蹟邊聽你的講解。而當你以這種情境來寫作時，你就會很自然的模仿出對話的姿態。例如，你可能會這樣說：

歡迎來到故宮博物院。來，我給你講個有意思的。你知道嗎？這裡曾經是二十四個皇帝的家。沒錯，就是他們吃飯睡覺、辦公娛樂的地方。想像一下，要是這些牆會說話，它們能講出多少驚心動魄的宮廷祕聞啊！故宮可不是一般的大，它有近千座建築，八千多個房間。要是你住在這兒，估計找個廁所都得帶地圖（笑）。不過別擔心，現在參觀有固定路線，保證你不會迷路。這裡藏了一百八十多萬件文物，從指甲大小的玉石，到能罩住你整個人的大花瓶，應有盡有。要是你喜歡看古物，那可眞是來對地方了。

你會有對象感，並且寫作會很口語化。事實上，寫作是我們後天養成的技能，並非本能。因此，我們需要將寫作轉化爲我們做起來最自然的兩件事：「說」與「看」。寫作就是模擬這兩種體驗：向讀者展示世界，並與他們對話。

展示，說明有東西要看，因此作者指向的是世界中的具體事物。

對話，說明字句要口語化。

對象感

當我們面對面跟一個人說話時，我們會透過觀察他的眼神、表情和肢體動作，來了解他對於這個話題的感受。

如果他一臉怒容的看著你，你就知道他生氣了；如果他眼神呆滯，甚至還拿著手遮哈欠，你就知道你該換話題了；如果他不斷點頭還對你微笑示意，你就知道他對現在這話題很感興趣。

總之，坐在你對面的那個人，會對你說出來的每一句話，給出眞實的反饋。

但是，當我們發表一篇書面文字時，以上所說的那些互動都不存在了——你面前沒有一個眞實的人跟你互動。你不知道你這句話寫出來後，他會是什麼表情。當你心中沒有對象感時，就容易自說自話，寫出難以理解的內容。像是使用專業術語而不加以解釋，或者跳過一些必要的邏輯引導。那讀者就會感到困惑，進而失去閱讀的興趣。所以，你在寫作時需要「彌補這種互動」。你要幻想出一位讀者，就好像他眞的坐在你面前跟你對話一樣。

例如，如果對面坐著一位十歲的小朋友，對商業了解甚少。那你在文中講到專業名詞時，你還會直接寫出來嗎？還是會多加解釋一下？像是補充說明：

・「這概念你可能看不懂，讓我解釋一下……」

・「這句話你可以這樣理解，比如……」

・「讓我舉個例子……」

當你心中有具體的讀者時，你會很自然的關注讀者的步調——留意讀者接收訊息的速度，警惕自己是不是每一句話都解釋清楚了，是不是都有回答讀者的疑問了。隨時停下來等他。

寫作是一對一的關係

當你與讀者對話時，雖然表面上看似一對多的關係——一篇文章發布後，可能會有數千甚至上萬人閱讀——但對於每位讀者來說，其實是一對一的關係，只有你和他，兩個人之間的交流。既然是兩人交流，那寫作就會像是私人密談一樣，你湊到讀者的耳旁，跟他講著悄悄話。

因此，在稱謂上，你不會像在大廳裡對所有人講話那樣用「大家」，而是會用「你」「我」。如果可以，也避免稱呼讀者爲「您」，這太有距離感了，你不會在跟朋友聊天時稱對方爲「您」吧？如果不會，那對讀者也不要這樣叫，我們是把讀者當作朋友，而非高高在上的人物。這樣一來，當你確立「你、我」稱謂的共識後，就要捨棄以往那種跟所有人說話的布告欄模式，而是把敘述都改爲私人對話。例如：

布告欄式：「請所有員工在下班前關閉電腦和辦公室燈光。」

你我式：「下班前，請你記得關閉電腦和辦公室的燈光。」

布告欄式：「顧客需在購物時出示會員卡以享受折扣。」

你我式：「購物時，請你出示會員卡以享受折扣。」

布告欄式：「遊客應隨身攜帶地圖和重要文件，並注意個人財物安全。」

你我式：「當你在陌生的城市旅遊時，把地圖和護照放在安全的地方。」

模仿日常說話

講話是人的本能，但寫作不是。

語言的產生已有數百萬年歷史，人類早已進化出強大的語言能力，每個嬰兒都能流利的說任何語言。但文字出現至今不過五千年，直到人類眞正大規模的運用閱讀和寫作，也就這幾百年的事，而這時間短到人類不可能在基因裡安裝寫作的功能。

比方說，一般小孩在幾個月大時，就能咿呀學語，甚至在上學前就能進行有條理的對話了。但是對於寫作，我們卻要經過好幾年的練習，才能用筆或鍵盤來再現語言的發音。此外，在文字普及前，知識大多是由部落裡的長老，透過故事和吟唱傳承給下一代——因此，在人類漫長的歷史裡，**口語是語言的首要形式，而文字僅僅是作爲記錄語言的工具**——我們本能上更親近口語。把文字口語化，會更容易被記住。

在書寫上，有兩種寫法：書面語和口語。

書面語，通常使用正式、官方的語言，充斥著專業術語和官僚化表達。它的傳播方式只存在於讀和寫。如果人們不是讀到，而是聽到，便會左耳進右耳出，不往腦子進。因為這不符合我們日常的聽覺習慣。所以當你使用書面語時，實際上是放棄了與讀者的聽覺連接。

例如，政府公函的書面語：

「茲就〈關於加強城市綠化建設的實施意見〉相關事宜通知如下：各區縣（市）政府各部門應當高度重視〈意見〉的貫徹落實工作，切實加強組織領導，明確工作職責，細化工作措施，確保各項任務落到實處。」

讀起來文謅謅的，看了就忘。相比之下，口語化的表達能同時激起聽、說、讀、寫這四種傳播方式——其傳播力遠超書面語。所以我們要用口語來創作，使其最大限度地接近日常講話的方式。舉個對比：

書面語：「本公司謹此通知，自即日起實施新的員工考勤制度。所有員工必須嚴格遵守上下班時間，如有遲到早退情況，將依照相關規定處理。」

口語版：「大家注意了！公司從今天開始有新的打卡規定。大家要準時上下班哦，要是遲到或早退的話，公司會按規定處理的。」

有看出差別嗎？書面語看起來就像是貼在布告欄的公告一樣。而口語的文案明顯更有人情味，聽起來就像是朋友間的聊天。

說話語氣

寫作時，要假設讀者跟你是平等的。他跟你一樣聰明，只是當下，他缺乏某些關鍵訊息，於是得不出跟你相同的結論。因此，要避免使用高高在上的說教口吻，例如「你應該知道……」或「顯而易見的是……」相反的，要用分享的心態，比如「讓我們一起來看看……」或「這裡有個有趣的觀點……」

同時，你也不要矮化自己。要避免使用讓人感覺心虛或不確定的「弱語言」。例如：

．可能

．似乎

．我不是很樂觀，但我覺得……

・我不是專家，但是……

・這兩種方式都可以，但是……

・……你不覺得嗎？

・……不會吧？

・……這是正確的？

這些弱語言，會降低你的說服力。讀者不管是花時間還是花精力，目的是期望你告訴他，他以前沒聽過的事情。他不是來聽你在那邊扭扭捏捏，自己都不確定自己在講什麼的。你比他專業得多，語氣要堅定點。就像你不會聽到導遊這樣說：「呃，我想這裡可能是某個重要的歷史遺址，但我不太確定。」既然不會，那寫作也不該出現。那麼，怎樣找對語氣呢？

你要先確定**你是誰**，以及**你在對誰說話**——你們之間的「地位關係」會決定語氣的走向。例如，作爲黑幫大佬，你會用命令的語氣；作爲專家，你會用解釋或啟發的語氣；作爲朋友，你會用輕鬆的語氣。一旦你在腦中確立彼此的關係，語氣就會自然浮現。

所以，最好是設定一個平等的角色——可能是朋友、鄰居或是其他與你關係密切的人。這樣，我們就能以一種不討人厭，也不失自信的合理語氣來寫作。

重點複習

- 聯合注意場景：寫作要像導遊解說景點一樣，營造出一種你和讀者共同聚焦於同一場景的對話環境。
- 透過「展示」和「對話」來實現：展示是指向具體事物，對話則是使用口語化的表達。
- 對象感：寫作時要想像一位具體的讀者坐在你面前，並根據他的認知水平和興趣調整你的語言和內容。
- 一對一的關係：要將寫作視為與讀者的私人密談，使用「你」「我」這樣的稱謂，拉近距離。
- 模仿日常說話：口語化的表達更符合人類的語言習慣，更容易被讀者理解和記憶。
- 說話語氣：以平等的態度與讀者交流，避免使用說教或不自信的語氣。

練習

- 選擇一個你熟悉的場景，嘗試用「聯合注意場景」的寫作方法，向一位從未去過該場景的人進行描述。例如，你可以描述你的房間、你最喜歡的餐廳、你每天上班的路線等等。
- 選擇一篇你寫過的文章，嘗試將其中的書面語改寫成更口語化的表達。例如，將「近年來」改成「最近」、將「相關事宜通知如下」改成「下面就來說說這件事」。
- 找出日常生活中常見的五個「弱語言」表達，並改成更自信、更有說服力的替代表達方式。
- 選擇一個你熟悉的話題，寫兩個版本的開場白：一個使用「布告欄式」，另一個使用「你我式」。比較兩者的效果。
- 觀察你身邊的人是如何進行日常對話的，留意他們使用的詞彙、語氣和表達方式，並嘗試運用到你的寫作中。

展示具體場景

展示具體場景的關鍵，在於描寫具體的細節，讓讀者能夠「看到」和「感受到」場景，而不是簡單的陳述或總結。你就像是手持攝影機的導演，在你的鏡頭中捕捉的都是具體可見的事物，沒有抽象的東西。

多用主動句，少用被動句

「主動句」是指主語執行動作的句子，而「被動句」則是主語接受動作的句子。

兩者相較，主動句的優勢在於清晰度。透過強調動作的執行者，讀者容易理解誰在做什麼——句式簡潔，文字有自信。相反的，被動句往往是拐彎抹角地描述事情。由於動作的執行者通常被省略或置於句末——句式冗長，導致讀者難以在腦中形成完整的畫面。以下舉例比較：

主動句：小美今天會來拜訪我們

被動句：今天我們會被小美拜訪

主動句：他一腳踢開惡犬

被動句：惡犬被他一腳踢開

主動句：爸爸狠狠揍了他一頓

被動句：他讓爸爸狠狠地揍了一頓

主動句比被動句更直接。這種直述的語氣凸顯了作者的自信。因此，只要能使用主動語態，就不要使用被動語態。不過，被動句也有用處，主要用在兩種情況：不知道執行者是誰，或執行者不重要。

例如，在犯罪事件報導中，當不知道犯人是誰時，通常會這樣寫：「昨晚，台中某間當舖遭劫匪闖入。」又或是當行動者不重要時。例如：「消防車被開來滅火。」這時省略主詞很方便，因爲你告訴讀者，這消防車是一位叫小華的人開的，沒有必要，讀者也不會想知道。

那麼，該如何判斷，什麼時候用主動句，什麼時候用被動句？

可以用一個簡單的方法——想像你是導演，舉著攝影機，鏡頭對著主角。假設現在畫面鎖定小明，他經歷了一系列事件：扶老奶奶過馬路、吃下午茶、小偷偷錢、揍小偷。

那從畫面的呈現來看：小明扶老奶奶過馬路、小明吃下午茶、小明揍小偷。這三個事件都是主動語態，以小明的視角出發，小明主動去做。而小偷偷走小明的錢，對小明來說是被動語態，是他被動遭遇的事情，所以我們會說小明被偷錢。因此，先選定一個主角，然後判別方式，就是看以他當主角的畫面自不自然。舉例如下：

自然呈現：「看到那個坐在長椅上的老人嗎？他正撕下麵包屑，餵食鴿子。」

不自然呈現：「看到那個坐在長椅上的老人嗎？鴿子正在被他用撕下的麵

包屑餵食。」

展示而不是說

「展示而不是說」的意思是，讓讀者親眼目睹事件的發展，而不是僅僅陳述和總結事實。例如：

・她很生氣。——這是「說」。

・她的眼睛瞪得圓圓的，雙手緊握，指節因用力而發白。聲音提高了八度，每個字都像從牙縫中擠出。——這是「展示」。

「說」缺乏畫面感，只是簡單敘述，要讀者自己去猜其中過程。而「展示」有畫面感，讀者能輕易地將自己代入其中，去體驗。就像俄國大文豪安東・契訶夫（Anton Chekhov）所說：「不要直接告訴我月亮在閃耀，讓我看到玻璃碎片上的閃光。」

具體的做法是——避免使用「想」這類動詞，包括：覺得、知道、明白、懂得、相信、想要、記得、想像、欲求……而是提供細節。與其寫一個角色想要什麼東西，不如直接描述那個東西，讓讀者也想要它。以下是將「說」改爲「展示」的例子：

‧房間很亂→房間內衣服散亂一地，地板上有吃剩下的披薩，還有髒杯子和盤子

‧體育館已滿→當人群起立高呼球員的名字時，體育館的聲音震耳欲聾

‧很冷→排水管結冰了，結了三吋厚的冰霜

使用具體用詞

語言要清晰具體，避免籠統抽象。

我們在網路上，常會看到很多公司標語，喜歡用一些模糊，讓人讀了不知所云的詞。例如：追求卓越、引領行業、信心無限、價值非凡——這些標語聽起來宏大，但實際上並未傳遞出任何具體訊息。讀者看了不痛不癢。

所謂「具體訊息」，意味著「更狹隘」。是把一個動作或敘述的範圍縮小，讓那個詞限縮在特定事項。例如，如果你想描述甜點師製作蛋糕的過程。那

麼在描述範圍上：「做蛋糕」大於「烤蛋糕」大於「烘焙蛋糕」。

·做蛋糕（有分蒸、烤、炸……很多種作法）

·烤蛋糕（有分低溫、高溫……）

·烘焙蛋糕（也許指的是溫度要超過兩百度）

所以，描述製作蛋糕的過程，「烘焙蛋糕」明顯比「做蛋糕」更清晰具體。同樣的，在描述身體鍛鍊的範圍：「運動」大於「健身」大於「二頭肌重訓」。因此敘述上更狹窄的「二頭肌重訓」也比「運動」更精準。我再用另一個例子，展示如何將空泛模糊的句子改得生動具體：

改前：林書豪過掉防守球員，得了兩分。

改後：林書豪胯下轉身過掉防守球員，直接原地跳投，兩分入帳。

我將「過掉」具體爲「胯下轉身」，而「得了」具體爲「原地跳投」。

將抽象數字轉爲具體案例

人們更容易受到事件的「鮮活性」影響，而不是事件本身的客觀數字。

例如，伊拉克戰爭期間，當美國記者不斷報導數千美國人死亡時，很少美國人有反應。但直到報導某個妻子失去丈夫的故事後，才激起整個國家的反戰情緒——這不是因爲一個丈夫的生命比幾千人的生命重要，而是因爲這樣的故事更具鮮活性。

就像史達林所說：「死一個人是悲劇，死一百萬人只是統計數字。」

在一次非洲募捐活動中，你可以猜猜看這兩種說法，哪一種募到的捐款更多？

第一種：

非洲是全世界最貧窮的地方，全球最貧窮的三十五個國家中有二十六個在非洲，人均GDP最低的十個國家中有九個在非洲。缺吃少穿是非洲貧民的最大問題，如果沒有糧食，他們只能用野菜充饑。非洲兒童的平均死亡率高達十五％，是歐洲的八倍，是全球兒童死亡率的六．七％。

第二種：

在衣索比亞，有個小女孩，她是家中唯一活過五歲的孩子。早上六點，她從垃圾堆旁醒來。當我們開始用清水洗漱時，她用滿是油污的雙手在垃圾堆裡尋找食物。如果幸運，她可能找到一點點充饑的食物。她已經一年沒喝過乾淨的水了，每天最重要的事就是跟著媽媽，在不同的救助站或垃圾堆旁等食物。如果能找到一點麵包，那將是她一天中最開心的時刻。

結果顯示：第一種描述的平均捐款是收入的二十三％，而第二種描述的平均捐款高達四十八％，是第一種的兩倍多。

用肯定句取代否定句

人們的心智很難辨認「否定句」，我們往往會將其誤記爲「肯定句」。因爲在心理機制上，否定句不是簡單地與肯定句對立——否定句是你要先記住肯定句後，再額外多記一個「負面標籤」。這就像數學中的負數，是在正數的基礎上，再加上一個負號。

例如，國王沒有死，如果以數學型態來表示，會長這樣：—（國王死）。但如果我們今天要記的東西太多時，有時會忘記負號，那就會變成（國王死）。

因此，爲了不混淆，我們應該直接說（國王還活著）。在表達上，我們要使用肯定句，取代否定句：

・不要說「不貴」，要說「便宜」。
・不要說「他經常不守時」，要說「他常常遲到」。
・不要說「我沒有感冒」，要說「我很健康」。

重點複習

- 多用主動句，少用被動句：主動句是主語直接執行動作的句子，而被動句則是主語接受動作的句子。主動句更加簡潔直接，更容易理解。
- 展示而不是說：不要直接告訴讀者你的結論，要透過具體的細節和例子引導讀者自己得出結論。
- 使用具體詞彙：語言要清晰具體，避免籠統抽象。
- 將抽象數字轉化為具體案例。
- 用肯定句，不要用否定句：人們更容易理解和記住肯定句。

練習

- 將以下被動句改寫成主動句：「這份報告被小組成員仔細審視了。」
- 用「展示」的方式描述一個人很開心的狀態，不要直接說：「他很開心。」
- 將以下籠統描述改寫得更具體：「公司致力於提供優質服務。」
- 將以下否定句改寫成肯定句：「我不同意你的看法。」

對話口語化

口語化的關鍵，在於使文字更貼近日常對話。

因此，你日常是怎麼說話的，就怎麼寫——可以夾雜很多你的說話習慣或是慣用語。不必擔心文字不夠正式。因爲反倒是這種自然的語言風格，能降低閱讀難度，使讓訊息更容易被理解和接受。

溜滑梯原理

著名的銷售文案大師約瑟夫．休格曼（Joseph Sugarman）說過一段很有意思的話：「你知道廣告標題的作用是什麼嗎？它唯一的作用，就是吸引你去看第一句話。而第一句話的作用，就是吸引你去看第二句話，而第二句話的作用呢？你也猜到了，就是吸引你去看第三句話。就這樣，一句話接一句話，每句話的目的，都是爲了引出後面那句話。」

在文案中，這種寫作技巧被稱爲「溜滑梯原理」。之所以稱爲溜滑梯，是因爲文字的節奏就像溜滑梯一樣，一旦開始，就會一路滑到底，整個過程毫無阻力。當你讀完第一句時，就會想看第二句……當你回過神來時，已經讀到最後。而如果想要營造出這種效果，那就需要前後連貫，每個想法的邏輯都要與前一個緊密相連——你得預測讀者會提出的問題——在他每想到一個問題時，總是能在文案的下一句中找到答案。

讓我們舉例說明「溜滑梯原理」是如何運作的：

「如果你從未眞正參與過決鬥，就無法模擬上擂台時，那種血脈噴張、腎上腺素飆升的心理狀態。」

（讀者的疑問是：「爲什麼需要模擬這種狀態？」）

「因爲在眞實對戰中，一旦頭腦發熱，平日練習的技巧往往被拋諸腦後。」

（這句話回答了前面的疑問，同時引出新問題。這時讀者心想：「具體說呢？」）

「舉個例子，你發現當你打了一輩子的站立木樁，平時對著假人揍得很爽。但眞正的對手是會閃避、會移動的。你精心準備的招式可能根本碰不到對方。一急之下，人往往會回歸本能，就會像普通人一樣亂掄王八拳了。」

（讀者恍然大悟，但隨即產生新疑問：「亂掄王八拳，會怎麼樣？」）

所以下一句的開頭應該是：「亂掄王八拳的話……」

因此，一個良好的閱讀設計，就是成爲讀者肚子裡的蛔蟲，把他們想知道的都寫出來。當你回答了上一句可能引出的疑問後，你的新答案又會引出別的疑問。就這樣維持著「設問，回答，再設問，再回答……」的形式。一路引領讀者走完整篇文章。也只有順應讀者的預期，才能使閱讀不中斷，不暫停。

使用連接詞

連接詞，是從一個邏輯到另一個邏輯的中間引導。

簡單的講，就是在作者腦內，當一句話要連接到下一句時，兩句話之間會存在著某種邏輯關係，可能是因果關係，或是並列關係，又或是轉折關係等等。而連接詞的作用，就像在這兩句中間加上潤滑劑，填補並強化它們之間的聯繫。這樣當讀者閱讀時，就能清晰地理解從一個觀點，指向另一個觀點的思路。例如，看看下面 Dove 的例子：

無連接詞：你皮膚的天然油脂使其保持柔滑。隨著年齡的增長，它的彈性會降低，產油也會減慢。老化會導致皮膚暗沉、缺水。

有連接詞：皮膚的天然油脂使其保持柔滑。**但**隨著年齡的增長，你的皮膚會變得不那麼有彈性，油脂的產生也會減慢。**這就是爲什麼**老化會導致皮膚暗沉、脫水的原因。

有連接詞的版本，明顯更通順好讀，因爲它釐清了句子間的邏輯關係。

起始句

「起始句」是段落開頭的句子，它負責點名主題——讓讀者明白接下來要討論的內容。例如，以下兩個版本：

版本A：

當你爲了秀自己的文采，而故意使用冷僻詞彙時，那反而增加讀者的閱讀成本，降低他們的閱讀體驗。寫給一般人的文章，講究的是要好閱讀，盡量口語化。任何會增加讀者理解成本的單字或修辭技巧，其實都可以拿掉。

版本B：

閱讀人數和文章複雜度是呈反比的。當你爲了秀自己的文采，而故意使用冷癖的詞彙時，那反而是增加讀者的閱讀成本，降低他們的閱讀體驗。寫給一般人的文章，講究的是要好閱讀，盡量口語化。任何會增加讀者理解成本的單字或修辭技巧，其實都可以拿掉。

在版本B中，增加了「閱讀人數和文章複雜度是呈反比的」這句話，爲整個段落的敘述方向定調。這使得讀者在閱讀前，對段落的主題已有預期。而如果沒有起始句，那讀者可能會猜測，這段文字是不是在討論文采、詞彙選擇或寫作技巧。但有了起始句後，讀者立即就能理解這段落的核心主題，是在講閱讀人數與文章複雜度之間的關係。

因此，只有當讀者提前了解你的「起始句」，他們在後續解讀訊息時，才能採用跟你相同的思路，避免誤解。

以相似的形式營造節奏感

相同的文字結構，可以爲文本帶來節奏感和和諧感。

因此，當文本相似時，最好將結構調整爲一致的形式。例如：

改前：過去，人們透過報紙獲取新聞，現在則是透過社交媒體。

改後：過去，人們透過報紙獲取新聞。現在，人們透過臉書了解時事。

如果更進一步，使用三個或更多形式統一的句子，甚至可以加強語言的氣勢。例如，前面提到寫作時，我使用的排比技巧：

「寫作不是**學習作文的華麗詞藻**，不是**模仿小編的套路模板**，不是**依賴文案的框架結構**。」

重點複習

- 像聊天一樣寫作：使用日常口語，就像你和朋友聊天一樣自然。
- 製造「溜滑梯效應」：像溜滑梯一樣，引導讀者流暢地閱讀，中間不停頓。做法是預測讀者可能會提出的問題，並在下一句話中給出答案。
- 使用連接詞：連接詞可以清晰地表達句子之間的邏輯關係，幫助讀者理解你的思路。常見的連接詞有：因為、所以、如果、假如、而且、以及、同時、但是、或者等等。
- 起始句：段落開頭的句子要明確指出該段落的主題，讓讀者一開始就知道你要講什麼。
- 保持句式一致：使用相同的句式結構，可以使文章更具節奏感。

練習

- 重寫以下句子，加入適當的連接詞：「天氣很冷。我穿上了厚外套。我還是感到寒冷。」
- 為以下段落寫一個有效的起始句：「拖延症是人們遇到龐大、無法解決的問題時，內心想逃跑的自然反應——你分配給它多少時間都沒用，你只會一直拖、一直拖、一直拖……直到時間逼近臨界點（Deadline）為止。」
- 重寫以下句子，使結構更加一致：「早上我喜歡喝咖啡，中午吃沙拉，晚餐通常是魚或肉。」

編輯準則三：邏輯——文章如何層層帶領讀者思考

想像一下，我們正在雕刻木頭人像。一開始要做的事情是什麼？直接雕刻臉部表情？還是先加上肌肉細節，或是先做皮膚、頭髮、衣褶的紋理？應該不是吧。我們開頭要做的，是為模型塑造骨架。比如，我們會先大致刻出一個橢圓形的頭部，再刻出軀幹和四肢的基本形狀。等確保有符合人體比例後，接著才雕刻細節。而如果比例不對，那即使你細節雕刻得再完美，從整體上看，還是會有突兀感。

寫作也是如此。骨架是最重要的——建造一兩層高的樓房容易，但是要建造十層甚至是一百層的高樓，則需要堅固的地基和結實的框架。那麼，寫作的「骨架」是什麼呢？

這有兩層意思。一，讓文章段落按照固定的格式分類。這樣當一個新段落出現時，你就可以按照分組，輕易的將其歸類到屬於它的分類去。二，是文字要按照讀者「有利於理解」的順序編排——什麼先說，什麼後說——文章的結構其實就是訊息進入的順序。理由是，在大腦少的可憐的認知組塊限制下，一次只能處理少量訊息，因此訊息進入的順序，往往決定了大腦理解訊息的方式。

在「骨架」的編排上，我們不能按照作者的思路編排，而是要以便於讀者理解的方式重新詮釋。（因此，不同的文體或場合下，骨架會有所不同。）

結論先說？看場合

結論先說的主要目的，是爲了避免訊息的原意被曲解。

舉個例子，光是揮舞手臂這動作，如果你不一開始就解釋的話，對旅客來說，你就是在招手致意；對農夫來說，你就是在驅趕蒼蠅；對健身者來說，你就是在鍛鍊肌肉。而一旦讀者曲解你的原意，一路誤會到結尾，那這時要他反過來糾正自己的認知，去貼合你的邏輯，這理解成本就太大了。

但是，雖然先說結論是高效溝通，但有前提——是在雙方認知一致，或是對方的認知是空白的情況下。如果一開始讀者的信念就跟你相悖的話，那結論先說只會引發反感。這也是爲什麼金字塔結構只適用於報告，而不適合用來說服人的原因。

因此，除非你要溝通的對象都是你的同溫層，或是你只是用來撰寫報告或論文；否則其餘情況，尤其是與持相反立場的人做溝通時，我們得放棄結論先說。

相似歸類：別讓讀者像打乒乓球一樣累

我們人腦天生擅長識別模式，當相似的訊息被歸類在一起後，我們會更容易發現其中的規律。在寫作中，將相似訊息合併的做法稱爲「MECE（Mutually Exclusive Collectively Exhaustive）」——意思是訊息被分類到互不重疊的類別中（相互獨立），並且所有的訊息都被包含其中（完全窮盡）。舉例：

- 人分爲男人和女人。（〇符合MECE原則）
- 人分爲男人和已婚女人。（X有遺漏，未窮盡，少了未婚女人）
- 人分爲男人和已婚人士。（X有重疊，不獨立，多算了已婚男人）

實際應用上，可以看以下例子：

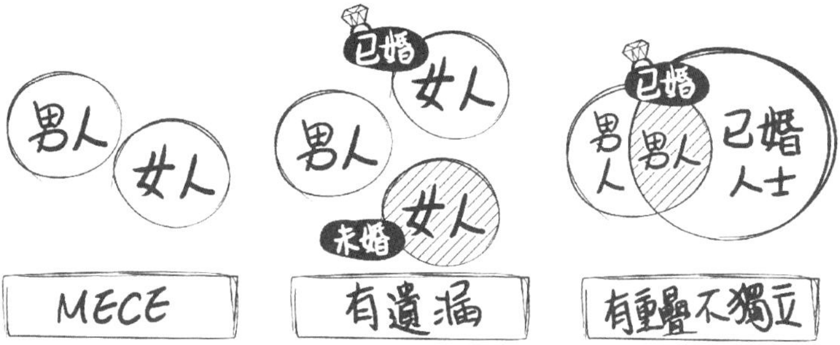

版本A，沒有按照MECE分組：

小明的數學成績是八十五分。他每週參加兩次課外足球訓練。上英語課他經常舉手回答問題。物理實驗課他做得不太好。他的歷史論文得到A－。他在學生會擔任文書。小明經常熬夜學習。他的生物學成績下降了。

版本B，按照MECE分組：

小明的數學成績是八十五分，歷史論文得到A－，生物學成績下降了，物理實驗課做得不太好。上英語課他經常舉手回答問題。他每週參加兩次課外足球訓練，並在學生會擔任文書。小明經常熬夜學習。

對比之下，版本A的訊息顯得散亂，閱讀時，腦中會像打乒乓球一樣，一直在不同概念間來回切換。版本B則是將訊息分成四個互不重疊且涵蓋全面的類別，讀起來更有結構，也更容易分析和理解：

- ・學業成績：小明的數學成績是八十五分，歷史論文獲得了A－，生物學成績下降，物理實驗課做得不太好。
- ・課堂表現：上英語課他經常舉手回答問題。
- ・課外活動：他每週參加兩次課外足球訓練，並在學生會擔任文書。
- ・學習習慣：小明經常熬夜學習。

因此，作者要做的事情，就是將意義相關的單字或詞語放在一起，並將意義關係不大的分隔。

層層遞進：要開門見山，還是高潮放最後？

層層遞進，是指將論點按照邏輯順序排列。

關於這觀點，我聽過兩派說法，一派認爲重點要先說，因爲你不先說的話，別人就沒耐心聽了；而另一派認爲重點要擺最後，先從次要的說起，慢慢累積情緒，最後再迎來大高潮。我在很長一段時間裡，都在困惑到底哪一派說的才是對的。

後來我才發現，答案取決於「文體」。

例如，《金字塔原理》主張「重要事先說」。而它所應用的範圍是職場寫作——跟你的上司或同事交代事情——即使他們沒時間聽完整段論述，也能確保最重要的訊息有傳達到。然而，重要事先說也有壞處，像是次要的論點可能被忽略，或是因為缺乏鋪陳，導致有些複雜的論點難以理解。因此，「重要事先說」適用於論點不複雜，但需要快速傳遞核心訊息的場合。如新聞報導、演講、銷售文案、商業簡報、產品說明書、職場寫作、SEO文章等等。

而《寫作法寶：非虛構寫作指南》則主張「越重要的事情要擺在越後面」。這類文體偏向科普文章、小說等需要深入探討的領域。你會需要依次建立論點，讓讀者逐步理解背景知識。或是需要製造懸念，保持讀者興趣。畢竟如果你開頭就暴雷，那別人就沒興趣看下去了。不過相對的，重要事後說也有缺點，那就是別人可能沒耐心聽完整段論述，那只要你的主論點沒說出來，就等於整篇白費。因此，「重要事後說」適用於論點複雜，需要詳細解釋的場合。如科普文章、說明文、小說、深入報導等等。

論點要基於事實：先有證據，再有結論

在金字塔結構中，訊息有嚴謹結構——你的結論要基於論點，而論點又要基於數據事實，他們之間的順序不能顛倒。

但在日常文章中，我看到最多人在結構上犯的錯就是「先射箭再畫靶」——就是你可能有一個很想講述的概念（論點），於是上網隨便找了例子（數據事實），但偏偏那個例子很爛，例子裡所要表達的核心論點，根本就跟你的論點不一致，或甚至沒什麼關係。

尤其我們有很嚴重的確認偏誤，往往立場已經決定好了，那在後續找資料論證時，就容易往自己的立場上找，只要搭上邊了就拿過來用。所以要謹慎對待處理訊息的順序——一定是由數據事實推導出論點。而非先有論點後，再隨便根據腦內的猜想，去亂掰數據事實。

重點就是「重點」：重要性和用語量要成正比

小時候，常常會聽到老師說，寫日記不要記成流水帳。什麼是流水帳？就是帳本上，每一筆記錄都是一格，一塊錢占一格，一萬塊也占一格，每一格的大小都相同。

這代入到寫作裡，你寫日記——早上看了一本書，覺得很有啟發，就寫了兩百字心得；到了晚上睡覺時，你中間什麼事都沒做，但也寫了兩百字。那這就是把重要和不重要的事情，都放入了同樣的篇幅裡，這樣寫出來的文章沒有主次關係，讀者就會不知道重點在哪裡。

那反過來說，如何不寫成流水帳呢？就是你要按照事情的重要性，給予它不同的篇幅。越重要的事情，要有越多的篇幅。或是你對此觀點是持正面立場，那你就要給予正面立場多一點例子，而不是在文章中用九成的篇幅討論負面立場，直到最後一刻才來個大轉彎，說你其實是支持正面觀點的。這樣做，只會讓讀者對文章的印象，偏離你的初衷。

重點複習

- 結論先行：在雙方認知一致或讀者認知空白的情況下，開門見山地闡述結論可以避免訊息被曲解。但是，如果讀者與作者持相反觀點，結論先行反而會引起反感，因此，要根據具體情況選擇是否使用此方法。
- MECE：將訊息按照相互獨立、完全窮盡的規則分類。將相似訊息合併在一起，可以幫助讀者更容易地識別模式和規律。
- 層層遞進：將論點按照邏輯順序排列。「重要事先說」適用於論點簡單、需要快速傳達核心訊息的場合，例如新聞報導、商業簡報等。「重要事後說」適用於論點複雜、需要詳細解釋的場合，例如科普文章、小說等。
- 結論、論點、數據事實：結論要基於論點，而論點要基於數據事實，不能顛倒順序。
- 重要性和篇幅要成正比：根據內容的重要性分配篇幅，避免重要訊息被淹沒在不重要的細節中。越重要的內容，應該用越多的篇幅來闡述。

練習

- 運用MECE原則，將以下訊息分類整理：「蘋果是紅色的，香蕉是黃色的，葡萄有紫色和綠色，西瓜外皮是綠色的，橙子是橙色的，草莓是紅色的。」
- 針對「社交媒體對青少年的影響」這個主題，分別寫出兩篇文章：一個適用於職場報告（重要事先說），另一個適用於深度分析文章（重要事後說）。
- 重寫以下段落，使重要性和用語量成正比：「今天早上我刷牙洗臉，花了五分鐘。然後我參加了一場重要的工作會議，討論公司未來五年的發展戰略。中午我吃了一個三明治。下午我完成了一個重大項目的最終報告。晚上我看了一集電視劇。」

編輯準則四：格式——如何「排」文字，也是一門技術

很多人不知道的是，文字的排版，實際上會影響讀者是否願意花時間閱讀。

如果文字都密密麻麻地擠在一起，形成一堵文字牆，密不透風的，那對讀者來說，由於不清楚裡頭到底寫了些什麼，就像在拆盲盒一樣，那決定是否閱讀的決策成本就會很高。相反的，如果文字以短句呈現，並配上副標做引導，使讀者可以快速找到段落，那決定是否閱讀的決策成本就會大幅降低。

因此，格式化寫作，表面上是處理文字排版的技巧；但本質上是爲了降低讀者閱讀負擔，所採取的策略。格式化寫作會遵循兩個要點：一，以眼睛閱讀最舒服的姿勢來編排文字；二，突出關鍵訊息。

強調提示

訊息的重要性，決定了你給予強調的程度。

當你大聲朗讀你的文案時，它應該聽起來就像是你正在與某人面對面交談一樣，而你在對話中的口氣如何，就該在文字上重現。比如說，當有人偷吃你的蛋糕時：

你不會說：「不要偷吃我的蛋糕。」

而是會說：**「不要偷吃我的蛋糕!!」**（全粗體+符號）

但是，不悅、惱火、憤怒……氣到發抖，不同程度的情緒，也可以用格式來區分差異性嗎？可以的。如果我們按照憤怒程度來表達，同樣一句話：不要偷吃我的蛋糕。可以這樣區分：

不悅：*不要偷吃我的蛋糕。*（斜體）

惱火：「不要偷吃我的蛋糕。」（引號）

生氣：<u>不要偷吃我的蛋糕。</u>（加底線）

憤怒：不要偷吃我的蛋糕。（加粗）

當然，你也可以混合使用這些格式使其更加突出，例如：

狂怒：不要偷吃我的蛋糕!!（結合多種強調方式，如背景色、文字顏

色、字體大小和粗體）

不過，這裡要特別注意，「提示格式」的目的是「強調」。因此要適度，不能讓每個單字都突出。就像畫重點一樣，你如果整本書都畫線了，那等於是整本書都沒重點。並且過多的強調格式，只會讓人感到煩躁。

段落格式

一般來說，使用短句和短段落的主要目的，是爲了降低閱讀負擔——有空白處和停頓點，能讓眼睛休息。舉個例子，以下是同樣內容但不同排版的段落：

版本A（長段落）：

你的資訊編碼系統得考慮到「出錯」的問題——如果每個字都是壓縮包，別人少聽到一個字就會漏掉一大段訊息，這樣雙方溝通沒有容錯空間，就會常常誤會彼此的意思。想要充分讓別人理解你想說的話，最好的方式不是對他大吼大叫，而是多講幾遍（最好換個角度，用其他例子再說一遍）。就像冬天時，你媽媽要你穿條厚褲，也是一直耳提面命，一句話要講個三四次，直到你眞的穿上爲止。

版本B（短段落）：

你的資訊編碼系統得考慮到「出錯」的問題。

如果每個字都是壓縮包，

別人少聽到一個字就會漏掉一大段訊息，

這樣雙方溝通沒有容錯空間，

就會常常誤會彼此的意思。

想要充分讓別人理解你想說的話，

最好的方式不是對他大吼大叫，

而是多講幾遍，

最好換個角度，用其他例子再說一遍。

就像冬天時，你媽媽要你穿條厚褲，

也是一直耳提面命，一句話要講個三四次，

直到你眞的穿上爲止。

短段落，能使文本看起來不那麼密集，尤其適合手機螢幕顯示。所以你會看到在社群平台上，很多人喜歡將每行文字都限制在一定字數下，以確保每句都是單行呈現。但全文都使用短段落是準則嗎？我認爲不是。

雖然短段落容易讓人「看完」，但看完和理解是兩回事——短段落那支離破碎的句式，反而會增加理解難度——原本你在講述論點時，是用一整個段落去詮釋它（由多個句子組成），這樣相關內容擺在一起，人腦更容易理解。但如果改成短句呢？那等於每句話都是段落，原本句子的連接關係被切斷了，你就無法判斷到底哪幾句有關係，這反而妨礙思考。比如這段：

版本A，全部短句：

在我看來，眞正的精準，

不是企圖用最少的字數表達，

而是用最有效的方式讓讀者理解。

畢竟，我們追求的不是文學上的讚美，

而是實際上的效果。

在商業寫作、科普文章或者教育材料中，清晰度往往比文學性更重要。現在寫作追求的是思想傳達，而思想傳達通常是向陌生人傳遞新的、他們從來沒聽說過的概念，你就得用很多篇幅和冗餘去描述。要講清楚道理，就避免不了冗餘。所以，不要怕別人嫌你囉唆，重要的事情就是要重複講，換個角度講，用很多篇幅去講。字越少越模糊，理解也就越失焦。

版本B，正常段落組成：

在我看來，眞正的精準，不是企圖用最少的字數表達，而是用最有效的方式讓讀者理解。畢竟，我們追求的不是文學上的讚美，而是實際上的效果。

在商業寫作、科普文章或者教育材料中，清晰度往往比文學性更重要。現在寫作追求的是思想傳達，而思想傳達通常是向陌生人傳遞新的、他們從來沒聽說過的概念，你就得用很多篇幅和冗餘去描述。要講清楚道理，就避免不了冗餘。

所以，不要怕別人嫌你囉唆，重要的事情就是要重複講，換個角度講，用很多篇幅去講。（字越少越模糊，理解也就越失焦）

相較之下，當涉及「跨段落」時，版本B由三個段落組成，句子間有親疏關係，讀者更容易判斷哪些句子是相關的。而版本A將原本自然段落的形式切斷，句子間你看不出關聯性。因此，短段落雖然在閱讀上有幫助，但在理解上，反而會造成困擾。

所以，最好將短段落視爲一種「提示工具」，而非常態性使用。就像在書本上畫重點一樣，當某些重要的話需要強調時，才單獨呈現。

加上小標題

當讀者被你的文章吸引後，他們通常會採取三種不同的閱讀方式：

細讀型：從頭到尾仔細閱讀。直到感覺內容不再吸引人，或已獲得足夠的訊息。

挑重點型：快速掃視全文，只在遇到亮點時細讀。他們認爲只要讀完標題、亮點和結論就夠了。

快速瀏覽型：迅速翻閱全文，評估是否值得花時間細讀。

在這種情況下，如果你的文章充滿大段落，且缺乏小標的引導，那對於「挑重點型」和「快速瀏覽型」的讀者會想：「讀這篇看來很費力。不確定它是否值得我花時間。」但如果你在段落間加上了小標題，讀者就能在閱讀前，先透過大綱了解大致內容，以此判斷要不要投入時間。即使他們最後不細讀，你也幫他們省下了時間。我舉例說明人們的閱讀方式：

像是我其實夢想也變了很多次，小時候都寫我要當科學家（雖然完全不知道科學家在做什麼）。國高中時期九把刀大紅，我那時的夢想是當小說家（同樣也不知道寫小說該做哪些事）。

在我們實際花時間實作和摸索前，對自認爲的熱情是不可信的，全是來自旁人喜好和要求的反映。

一味的追尋熱情會發生什麼事

很多人只喜歡表面看到的風光，卻不接受背後的磨難。

他們自以爲的熱情，是因爲只看到工作的表象——想像企業家一樣，可以買車買房，豪擲千金；想像作家一樣，可以邊旅遊邊工作，不受地理限制；想像音樂家一樣，可以聽到台下數以萬計的人爲你歡呼，找你簽名；想像甜點師一樣，可以動手做自己想吃的甜點，覺得就像以前上的手作課一樣，應該很有趣。

你意識到你的眼睛，是如何被中間的小標題吸引的嗎？實際上，你的閱讀方式可能是這樣：

- 首先閱讀小標（它是粗體，且格式跟其他段落不同，最容易看到）
- 接著下意識地決定是不是要從小標處往下讀，還是從頭看這就是讀者在網路上「掃讀」，而非「線性閱讀」的情況。他們的眼睛跳來跳去的，總是在尋找容易閱讀或更吸引眼球的部分。

長短句相間

就像一首歌有節奏一樣，文案也有。

文案的節奏是由長短句營造的——一個小短句，然後一個大長句，接著一個中等句，再來一個小短句——當不同長度的句式相間時，唸起來就有一種抑揚頓挫的節奏感。而如果一篇文章有一種明顯可預測的樣式：所有的句子都非常短或非常長，那會很枯燥。例如，以下文章段落，每段句式的長度不同，明顯有節奏感：

（一行）記得每次國文大考時，都會附上一張作文紙。

（六行）給你一個小時的時間，要對「面對人生的態度」「自由與自律」「關於經驗的N種思考」……這類題目，寫篇六百字左右的小文章。這樣訓練下來，包含模擬考，每個人或多或少都寫了不下三十篇文章了。甚至，我們從小學起就開始寫字，到你現在出社會了，這十幾年（或幾十年）的時間裡，你日常寫作的字數累積到現在，至少也有幾百萬字了吧。你都練習這麼久了，應該是很擅長寫作的吧？

（兩行）但是你看看周圍……眞的有人擅長寫作嗎？大多數人的情況，更像是成天盯著白紙發呆，半天擠不出一個字來。

作爲對比，如果將其改爲每行字數都一樣，那很容易讓人閱讀疲勞：

國文考試作文題
每次都附作文紙
給你一小時時間
寫個六百字文章
人生態度與自由
自律經驗的思考
這類題目很常見

模擬考加正式考
至少寫了三十篇
從小學就在寫字
到現在出社會了
十幾年或幾十年
累積字數很驚人
至少有幾百萬字
練習這麼久以來
應該很擅長寫作
但看看身邊朋友
眞有人擅長寫作
大多數人的情況
盯著空白稿發呆
半天擠不出一字

用手機再次檢查

很多人忽略的一個編輯技巧是：在電腦上完成寫作和編輯後，在手機上還得再編輯一次。

因爲現在大多數人是用手機看文章，而手機所呈現的版面更窄。因此，有時候你在桌面上看起來效果不錯的段落，到了手機上反而會過於擁擠。所以，你需要將這些大的「文字牆」，重新拆分成較短的段落——以更好地適應手機版面。

重點複習

- 格式化的目的：降低閱讀負擔。密密麻麻的文字會讓讀者卻步，而短句和清晰的結構，則容易吸引讀者。
- 強調格式：使用斜體、引號、加底線、加粗和高對比色等方式，凸顯不同重要程度的訊息。但要避免過度強調，引起讀者反感。
- 段落格式：短段落更容易閱讀，尤其適合手機螢幕。長段落適合闡述論點，應以段落作為單位組合句子，使讀者理解句子間的關聯性。
- 小標題：幫助讀者快速了解文章結構和內容。
- 長短句相間：不同長度的句子交替使用，可以使文章更具節奏感，避免單調。
- 手機閱讀注意事項：在手機上閱讀時，要注意段落長度，避免「文字牆」。

練習

‧重寫以下句子，使用不同程度的強調提示格式表達不同程度的情緒：

「請不要打擾我工作。」（表達輕微不滿、明顯煩躁、極度憤怒三種程度）

‧將以下長段落重新編排為短段落和正常段落混合的格式：

「『不要看完整本書』——這建議要分層次，看是對誰說的。對初學者講這句話就是在害他，因為他的知識基礎不夠，無法構成價值觀的基礎。這樣當新事物出現時，他們就無法對新想法提出洞見，形成正循環。而對於學識已經很豐富的人來說，不要看完整本書是有道理的，因為很多案例或理論對他來說都是廢話，早就看過了，略過是合理的，他只是要找沒看過的部分而已。」

‧為以下文章加上適當的小標：

「這概念就很像是業務都很喜歡開名車戴名錶——同樣是給客戶一個訊號——我的業務能力、工作能力是頂級的，所以才能過得不錯，把案子交給我大可放心。相反的，如果一個大老闆看到業務開的車很爛，就會懷疑他有沒有足夠的能力接我的案子。歷史上，CK曾經起訴過他的經銷商，因為該經銷商將CK鋪到 Costco 這種折扣商店通路，這意味著CK是平價貨，損害了品牌形象。同樣概念，很多奢侈品牌會付費給網紅，請他們不要再穿戴自家商品，目的也是不想讓其他的高端客戶認為該品牌連暴發戶都能穿。」

編輯準則五：要點——文章爆紅的三大關鍵點

一篇文章的影響力並不是均勻分布的。

有時候，你只要簡單的在「對的地方」改幾個字，整篇文章的「傳播力」和「給人的觀感」就會完全不同！在我的經驗裡，標題、第一段、最後一句話，這三點構成了文章的主要影響力。

標題，影響點進來的人數

第一段，影響看下去的人數

最後一句話，影響看完的整體觀感

標題：決定文章生死的關鍵一秒

標題是整篇文章最重要的部分，它決定了有多少人會點進來閱讀。你可以理解爲，大部分人都只看標題而不看內文。像是大衛．奧格威有句名言：「讀標題的人數是閱讀正文人數的五倍。」所以對於標題的命名要愼重對待，就算多想十個做備用也不過分——畢竟，當文章爆紅後，最終傳來傳去的也只是個標題。而一個好的標題，應該做到這兩件事：吸引受眾注意力、引導讀者閱讀內文。

吸引受眾注意力：喚醒你所選定的目標對象。

你可以想像一個場景，你的讀者桌前堆滿資料，這些資料可能多到他永遠沒有時間看完。於是，他透過瀏覽標題的方式，來選出自己要閱讀的內容。也就是說，標題，是爲了讓讀者快速篩選出他們感興趣的內容。

所以最快的方式，就是讓讀者「對號入座」。如果你的內文是只針對特定群體，那就要在標題內加入能讓他們停下來的詞，像是未婚女性、窮人、學生、員工、老闆……讓他們一眼看出這篇文章跟他們有關。

而最糟糕的寫法，則是跟讀者玩捉迷藏——作者自作聰明地賣弄標題：用雙關語、引經據典或晦澀的詞句。但如果讀者看不懂，那就只是在浪費他們的時間罷了。

引導讀者閱讀內文：讓讀者讀第一句話。

文案大師尤金·施瓦茨（Eugene Schwartz）說：「標題目的是爲了讓他們閱

讀下一段。這就是它的全部，沒有其他。他不銷售任何東西。它不確認任何事情。它不爭論任何事情。如果它單獨存在，它在世界上什麼也做不了，但它所要做的就是讓他們閱讀下一段。」

你可以認爲——標題不需要大包大攬——承擔銷售、說服、解釋或證明一系列的事情。相反的，標題只要激起讀者的興趣，讓他繼續讀第一句話就行了。

例如：

· 誰聽過一株植物開出一萬七千朵花？
· 七十一歲老人一天性交五次！
· 如何活到一百歲？

而不是試圖在標題中完成所有工作：

· 誰聽過一株植物開出一萬七千朵花？驚人的園藝奇蹟揭祕：了解這種稀有植物的培育祕訣、生態影響，以及如何在您的花園中種植。立即購買我們的限量版種子套裝，享受半價折扣！
· 七十一歲老人一天性交五次！震驚醫學界的性能力祕密：專家解析背後

的健康因素、可能的風險，以及如何在任何年齡保持活力。購買我們的天然保健品，享受買二送一優惠！

・如何活到一百歲？長壽專家公開十大祕訣，突破性研究結果問世，加上獨家飲食計畫和運動建議。訂閱我們的長壽課程，首月僅需九十九元，助您實現健康長壽夢想！

此外，**標題是跟媒介高度綁定的。**

由於人們使用媒介的目的不同，無論是尋找答案還是尋求娛樂，這些不同的意圖，都會影響他們點擊標題的欲望。因此，在一個媒介上表現良好的標題，換到另一個媒介可能就不適用了。每個媒介都有適合其生態的標題風格。例如：

社群文章標題：

・我不討好世界，我只討好自己

・親人過世了，該怎麼走出陰影？

・如何把名牌穿成地攤貨？

銷售文案標題：

・五十七歲名模無私公開神祕的急速減肥法

・高中生減重近三十公斤，現在致力於幫他人瘦身！

・選擇寫作課時，你會犯這些錯誤嗎？

你會看到，不同媒介的標題風格不同。因此，如果有人聲稱可以爲你提供「標題模板」，那除非他跟你的媒介相同，否則不一定好使。最好的方法是自己收集——創建素材庫。日常多觀察，在你撰寫的媒介中，只要看到有觸動到你的標題，就隨時保存，以便日後參考。

第一段決勝：三行文子，決定讀者走或留

如果說標題是整篇文章中最重要的部分，那麼文章的第一段，就是第二重要的部分了。

第一段的目的是承接標題，並兌現標題做出的承諾。當有人看到你的標題

後，決定他是否繼續閱讀的關鍵就在於第一段。如果第一段優化的不好，那會有九成五的讀者放棄閱讀。在處理第一段時，有兩個重點：「優化閱讀速度」和「迅速切入重點」。

優化閱讀速度：

引起讀者閱讀欲望的過程中，都是慢慢加速的——前幾句會很短，目的是讓讀者像溜滑梯一樣快速下滑，不會遇到太大的阻力。所以第一段是越短越好。最忌諱的是，第一段就又臭又長，用大長篇或是贅字連篇的內容來當作開場白。例如，以下是兩個開頭的版本：

版本A：

我們都會死，因此都是幸運兒。絕大多數人永不會死，因爲他們從未出生。那些本有可能取代我的位置但事實上從未見過天日的人，數量多過阿拉伯的沙粒。那些從未出生的靈魂中，定然有超越濟慈的詩人、比牛頓更卓越的科學家。DNA組合允許的人類數，遠超過曾活過的所有人數。你和我，儘管如此平凡，但仍從這概率低得令人眩暈的命運利齒下逃脫，來到世間。

版本B：

我們都會死，因此都是幸運兒。

絕大多數人永不會死，因爲他們從未出生。那些本有可能取代我的位置但事實上從未見過天日的人，數量多過阿拉伯的沙粒。那些從未出生的靈魂中，定然有超越濟慈的詩人、比牛頓更卓越的科學家。DNA組合允許的人類數，遠超過曾活過的所有人數。你和我，儘管如此平凡，但仍從這概率低得令人眩暈的命運利齒下逃脫，來到世間。

在版本A中，文字塊太大，讀者會猶豫要不要花時間閱讀。而在版本B中，我們將第一句話「單獨拎出來」，這就降低了讀者猶豫的成本，畢竟只有一句話，在他還來不及意識到前，就已經看完了，那他就會接著往下看。

迅速切入重點：

進行「那又怎樣」測試。

將自己置於一個忙碌、以自我爲中心，且對一般事物不感興趣的人的角度上，然後剔除文案中無關緊要，或會促使他說「那又怎樣」的內容。因此，如果你的文章要讀者「讀到第三段」才進入主題，那麼就刪掉前兩段。以面試爲例，如果進行「那又怎樣」測試，可能會這樣修改：

原文：

我叫小明，是一名三十歲的軟體工程師。我出生在台南，從小在那裡長大。我父母都是公務員，他們從小就教育我要有誠實的品格和勤奮的態度。我在學生時期一直都是擔任班長，成績也保持在前幾名。大學時我就讀於台灣大學資訊工程學系，在校期間參與了多個專案開發。畢業後，我加入了一家新創公司，負責開發他們的核心產品……

但你爸又不是伊隆．馬斯克，不會有考官對面試者的家庭背景感興趣的。

在原文裡，很明顯要讀到第三、第四段才會進入主題，那這樣的寫法只會讓忙碌的讀者產生「那又怎樣」的情緒。所以，要刪除冗長的自我介紹和不相關的背景資訊，使其直接切入核心。

修改後：

我叫小明，在一家知名科技公司工作了五年，主要負責後端開發。我擅長使用 Python 和 Java 進行大規模分散式系統的設計和實現，並有豐富的雲端服務經驗。我可以幫助公司優化現有系統架構。這是我的作品集，包含參與開發的幾個重要專案，以及它們爲公司帶來的具體效益。

收官留白：最後一句，才是最深的記憶點

以前，我有一段時間很喜歡幫文章下總結。

通常會在結尾處說：「總結一下，這是第一點，第二點，第三點……」再濃縮一次文章的論點，怕沒解釋清楚，讓讀者誤解。但在閱讀《寫作法寶：非虛構寫作指南》後，我就再也不寫總結了。

書中提到：「最後一個好句子，本身應給人快樂。就像舞台喜劇中落幕的最後一句台詞，演員突然說了些滑稽、誇張或警語之類的話，舞台燈光隨即熄滅，我們驚訝地發現這場戲結束了。但是如果在文中出現『總而言之』這類句子，那就預視著你將以壓縮的方式重複說過的話，你建立起來的張力開始鬆弛。」

也就是說，如果你的總結，只是重複一次剛才說的話，那麼不需要總結。這樣的總結就相當於是畫蛇添足，只會削弱文章的力道，導致後勁不強。

最好的結尾，是你表達完所有想表達的話題後，就戛然而止。

重點複習

- 影響文章傳播力的三個關鍵因素：標題、第一段、最後一句話。
- 標題：決定了文章的點擊率。
- 第一段：承接標題，並決定讀者是否繼續往下讀。
- 最後一句話：影響讀者對文章的整體印象。

練習

- 為一篇關於「如何提高工作效率」的文章，創作兩種不同風格的標題（社交媒體、銷售文案）。
- 選擇一篇你寫過的文章，嘗試運用「那又怎樣」測試，刪除不重要的訊息，並改寫成吸引人的開頭。

・嘗試用不同的方式為你的文章收尾，例如用反問句、金句或者總結句，並比較它們的不同效果。

編輯準則六：媒介──「媒介即訊息」讓寫作更貼合平台

「媒介即訊息」是麥克．魯漢（Marshall McLuhan）提出的傳播學概念，意思是媒介作爲一種訊息傳播的技術手段，它不僅決定了訊息樣式，甚至也改變了訊息內容。

你可以理解爲──不同平台所偏好的內容形式是不同的。因此，當你在經營不同平台時，同樣的內容不能無腦的複製貼上，而是得根據該平台的特性，去客製化內容。

打開那封信

蓋瑞．哈爾伯特（Gary Halbert）是全世界最會寫行銷郵件的人。

在他的年代，行銷郵件是透過人工郵寄的──也就是將產品型錄寄到你家，如果你感興趣，你再回寄支票的行銷模式。而這種模式能否賺到錢，是取決於人們看完信後，有沒有回寄支票。可是在蓋瑞開竅前，他過的卻是窮困潦倒的生活，甚至一度付不出水電費，只能在黑漆漆的地下室裡寫作。他不禁納悶，爲什麼每次行銷信寄出後，就像石沉大海，沒半個人回信呢？

這個問題困擾了他很久。

於是，他對自己進行了靈魂拷問：「蓋瑞，如果你只能寄一封信，並且毫不誇張地說，如果這封信沒人回應，你就會被砍頭，那你會怎麼做？」在這樣的壓力下，他頓悟了——由於他的生活費取決於「人們要打開那封信」，因此，他不會寄送那些「一流印刷」，即精美排版的那類郵件，因爲這只會讓收信者感到厭煩，並將其歸類爲促銷郵件。相反的，他將信件僞裝成眞實樸素的郵件——上面有手寫的地址，裝在普通的白色信封裡，就像朋友會寄給你的郵件一樣。

簡單的說，他將行銷郵件僞裝成一般的個人郵件。

你可能會想，這樣做有什麼特別的？

結果是，收件者「打開了他的郵件」——這封信最終吸引了七百三十萬名付費客戶，並讓他生意的總銷售額達到了數億美元。

蓋瑞·哈爾伯特認爲，大多數人在行銷上的失敗就是，他們的行銷訊息永遠不會被讀取。而只要目標收件者不打開你的信件，那不管你的文案寫得再怎麼精采，都無關緊要。他進一步解釋——每個人都會將他們所收到的郵件分爲兩堆，簡稱爲「A堆」和「B堆」。

A堆：個人郵件。

B堆：其餘的所有內容，包含帳單、目錄、小冊子、印刷品……等明顯帶有銷售意味的信封。

當人們收到信的那一刻，首先不是立即打開，而是在心中默默地把郵件分爲「A堆」和「B堆」，分類後，每個人總是會打開所有的個人郵件（A堆），而只選擇性的打開部分促銷信（B堆）。因此，當你發送訊息時，你得確保每個收到你信的人——至少要打開信封。也就是說，你最重要的任務，就是確保你的訊息被收件者歸類爲「A堆」。

從上面故事中，你能得到的最大啟發是——相比於內容本身，在形式上怎麼呈現，會是更重要的事情。你需要將內容模擬成該媒介的一般形式，以符合使用者的心理預期。你寫的內容好不好另當別論，但至少要讓人們在跟你的第一次接觸中「打開那封信」。

將內容「僞裝成原生內容」

你有沒有過這樣的經驗：同樣的內容，上架到不同平台上時，成效卻是天差地別。

當你在臉書上發表一篇文章並取得不錯的成效後，你會想說，那內容乾脆複製一份，同樣也發布到部落格上好了。然而，最終的預期往往成一場空——那些部落格文章，根本沒人看。爲什麼會這樣？

不應該啊。明明是同樣的內容，爲什麼在一個平台能紅，在另一個卻乏人問津？

其實，使用者在每個場景下，都有「他們在該場景中想要達到的目標」。而如果你的內容阻礙了這個目標，那即使他喜歡你，這時也會反感。然而，偏偏不同場景所對應的目標是不同的，因此當你重複使用同一篇內容時，在某些場景下，就不那麼「契合」了，那沒人看也就不奇怪了。

所以，我們要做的，就是讓內容更加符合使用者在特定場景下的需求——這招我稱之爲「擬態」。

在行銷媒體還是以報紙爲主的年代，奧美創辦人大衛．奧格威將他的成功，歸功於他的廣告排版——他將排版模擬成跟一般的報紙版面一模一樣。這樣，當讀者專注於閱讀時，甚至無法查覺自己看到的是內容還是廣告。奧格威說：

「版面編排要簡單，摒棄二流藝術指導們熱中的那些附庸風俗的技巧，如大到不可讀的字體、古怪的設計、放在頁面底部的標題等等。把廣告做的跟內容版面一致，你會贏得更多讀者，比用那些三流技巧的效果好得多。」

簡單來說，不符合媒介的排版，反而會讓讀者出戲，打斷他們的觀看預期。進一步來說，內容應盡量貼合媒介的版面形式。同樣的訊息，只要媒介改變，內容呈現就需要作出相應調整——目的是符合讀者的預期，避免產生突兀感。比如：

- 如果內容是放在電視廣告中，應該讓人有看節目的感覺；

· 如果內容是放在電影預告中，應該讓人有看電影預告片的感覺；
· 如果內容是放在搜索廣告中，應該讓標題看起來像是一個答案；
· 如果內容是放在社群廣告中，應該讓內容看起來像段子或親友貼文；
· 如果內容是放在新聞廣告中，應該讓內容看起來像新聞。

「擬態」策略的核心，在於理解和尊重讀者在不同平台上的期待，並根據這些特性來調整內容的呈現方式。只有眞正融入其中，沒有突兀感，才能將閱讀的阻礙降到最低。

昂貴信號理論

當你發布一篇文章時，其價值不僅取決於內容本身，還取決於承載訊息的媒介。這是因爲人們常常會以「信號本身」來作爲衡量價值的參考點。

也就是說，即使內容完全相同，但如果你在「信號成本」上投入更多心力，那你所傳遞的「訊息價值」也會更高。例如：

· 同樣的文字內容，手寫的感謝卡會比印刷文字更有誠意；

・同樣的課程內容，大學學位會比線上課程更珍貴；
・同樣的交流內容，面對面也會比交友軟體更有意義。

我們先想像個情境：你經營一家餐廳，這時，有一位女孩在門外徘徊。她沒跟任何人說話，但看上去有些緊張，有些失落。而當你好奇地詢問她是否需要幫助時，她卻抬起頭看著你說：「我真的很喜歡你們家的餐點。」不僅如此，她還對你們家的餐點如數家珍，能洋洋灑灑的背出所有的招牌菜。

最終，她說出了目的：「如果有機會，我想在你們店裡幫忙，以獲取一些工作經驗。」但你聽了只覺得頭大，因爲現在根本沒缺人啊。但也許，你的內心深處，有另一個聲音告訴自己：凡事都需要例外，看她這麼有誠意的分上，可以給她一個機會試試。

事實上，這是個眞實故事——來自江振誠的紀錄片《初心》，其中一位核心成員，當初就是用這一招打動江振誠，以獲得工作機會的。

這就是「昂貴信號理論」的實踐。

你想想，如果想獲得工作機會，那女孩其實完全可以走正規管道，用電子郵件來發送同樣的訊息內容。但這會涉及到一個問題，那就是透過電子郵件來表達工作意願，還能得到同等機會嗎？

畢竟，發送電子郵件的代價如此低微，你是無法從郵件背後來感受那強烈的渴望的。尤其在你餐廳員工滿額的情況下，也沒必要給自己找麻煩，高機率是看完信件後，就直接刪除了。而只有在女孩忍受窘迫，鼓起勇氣面對面的要求工作機會時，她所付出的昂貴成本，才表示她是真的在意這份工作，而你也才會被感動。

因此，在訊息相同的情況下，傳遞訊號的成本越高，就越能影響人的感知，使其價值遠遠超越訊息本身。

而「昂貴信號理論」在寫作上，也有其獨特的應用。

同樣的內容發布在不同的平台上，會傳遞出不同的價值——當你選擇更「昂貴」的傳遞方式時，你就能提升接收者對內容的重視程度。

例如，當你將文章發布在自己的個人部落格上時，讀者可能只是隨意翻翻，不當回事。但如果相同的內容出現在《紐約時報》或《哈佛商業評論》等知名媒體上，那內容就安插了可信度和權威性的翅膀，會吸引很多人轉發，讀者也會更認真地看待文章。

同樣的，如果你只是在 Facebook 或是 Threads 上發布知識文章，那別人可能以娛樂的心態來看待；但如果你將相同的內容集結成書並出版，這本書背後所代表的「昂貴」信號（需要大量時間和精力），就會讓讀者更嚴肅地對待書中的內容。

因此，有時你撰寫了同樣的內容，但別人要用什麼心態和預期來看待它，很大程度上是取決於你所選擇的媒介。

不同平台，不同的內容呈現

不同的媒介有其特定格式、讀者期望和使用情境。

隨著媒介的不同，訊息的呈現方式也會有所不同。因此，不能單純的複製貼上，而是要根據該媒介量身訂製內容。

例如，在偏好短文的平台上，長文可能不受歡迎。相反，在偏好長文的平台上，短文的效果可能也不佳。特別是當平台的審美觀已經固定時，讀者的偏好不會改變，你只能調整自己的內容以適應平台，而不能反過來要求讀者去適應你。

那麼，各平台之間究竟有哪些差異呢？

平台間最主要的差異，在於「字數」和「演算法」。這兩者都會影響內容的表現形式。

以字數限制來說——分爲短文平台和長文平台。有些平台偏好短文，有限定字數，像是 Threads 就限定五百字，ＩＧ也限定兩千兩百字，而有的平台則沒有字數限制，比如在部落格上，你要放幾十萬字都可以。

通常，字數越短的平台，就會越注重形式，內容會更加格式化，偏好短句。文中的分段也會很明確，每十幾個字就換行。而在短文的篇幅下，由於字數有限，往往塞不進例子和解釋，這使得愛看短文的受眾被餵養得更懶得思考了。

因此，在短文平台上的表達形式，就是下斷言不解釋，只講重點概念，不講細節和例子。

反觀字數較長的平台，對排版的要求就相對寬鬆，經常會出現大段文字擠在一起，例如書籍，每段可能由數百字所組成，而這種排版形式是不會出現在短文平台上的。此外，愛看長文的受眾，通常較有耐心，因此在表達形式上，你可以塞更多的案例細節去解釋你的概念。

以演算法來說——分爲優先推播給熟人或陌生人。像是Tiktok和Threads偏好推播給陌生人，而臉書和IG則偏好推給自己的粉絲。至於郵件就更極端了，是只有訂閱者才能看到內容。

如果演算法主要面向陌生人，讀者對你沒什麼興趣，那麼在發文時就要先聚焦在「事件」本身——盡快切入主題，廢話越少越好，甚至不必在開頭介紹自己，而是直接談讀者關心的話題。那個場面就很像在菜市場叫賣一樣，你想讓他留步，聲音就得越大。因此，在寫給陌生人的平台上，如何在開頭設計「鉤子」（Hook）吸引目光，就格外關鍵。

相對地，如果演算法是優先推送給熟人，讀者已經追蹤你，他們對你的內容和生活方式感興趣，那麼你就可以話家常，聊自己的事，說些心裡話。甚至可以在開頭講很多離題的廢話。

將不同媒介看作是帶著不同任務的人，會比較好理解。比如，有些是帶著旺盛好奇心的學生，總是舉手發問；有些是看熱鬧不嫌事大的圍觀者，總是期待戲劇性的發生；而有些是你的好朋友，總是期待跟你的每一次見面。

讓我們以《孫子兵法》作爲主題，看看在不同媒介上如何表達：

SEO文章

SEO 文章是指當人們在 Google 上搜尋「關鍵字」時，排名靠前的文章。這意味著讀者對這個關鍵字有一定的興趣，但同時，他又不太了解這字是什麼意思，想快點知道答案。因此，讀者的特徵是：

- 對這領域認知不深，想找些初階內容
- 跟你也不熟，雙方是陌生人關係
- 帶著問題發問，想快點知道答案

在撰寫以《孫子兵法》爲主題的SEO內容時，我們需要考慮到讀者的搜尋意圖。假設他是想要了解《孫子兵法》的懶人包，那我們的章節結構，就應該按照《孫子兵法》的章節編排，並以懶人包的形式簡介各章節內容。

標題可以是「《孫子兵法》全文十三篇解讀：教你亂世中的生存之道」或乾脆命名「《孫子兵法》懶人包」。

在開頭處，也不廢話了。直接就說：「《孫子兵法》是世界上最早的軍事著作，被稱爲《兵經》，又稱爲《孫武兵法》……」

接著就依序介紹各個章節，如第一章〈始計篇〉、第二章〈作戰篇〉……一直到第十三章〈用間篇〉。整篇文章可能會到上萬字。

Threads 文章

Threads 是一個短文平台，字數限制爲五百字。人們在上面是爲了娛樂，並未預期看到什麼特定內容，且平台偏好推播給陌生人。因此，你的內容就像在菜市場中，需要跟其他無數的叫賣聲競爭。

在短文平台上，由於使用者較沒耐心，所以總結體和下斷言（強烈的陳述句加有爭議的開場白）的形式會更受歡迎。讀者的特徵是：

· 找樂子
· 跟你不熟，雙方是陌生人關係
· 懶得思考，喜歡看粗淺內容

在 Threads 上製作《孫子兵法》主題的內容時，可以使用總結體形式，並在開頭處使用鉤子吸引讀者。

標題就不用寫了，以鉤子作爲替代。

開頭鉤子可以是：「一提到《孫子兵法》，人們總是傳得很玄。因爲它是兵書，所以會誤以爲都在教些陰謀詭計。但實際上，講的都是普通的基礎原則。以下是孫子兵法的八大智慧……」由於字數限制，開頭鉤子介紹完後，就要切換到下一則 Threads（你可以理解爲在留言處繼續說）。

下一則 Threads：

一、兵法只有以大搏小，沒有以小搏大：勝利一定是來自壓倒性的優勢。

二、《孫子兵法》第一篇叫做「計篇」。裡頭的「計」是計算的計，計畫的計，不是計策的計。陰謀詭計完全不重要。

三、先勝後戰，勝算不夠就不能戰。可以等，可以躲，但就是不要打。

……

直到把鉤子提到的八點都寫完，而如果途中超過五百字，那就換下一則Threads，繼續寫。在這裡，由於使用者已經習慣短文，所以在排版上越短越好。例如：

A版本：

一、楊絳先生曾告誡年輕人說：「你的問題主要在於讀書不多，而想得太多。」不太可能你遇到的問題中，在以前幾千年的歷史裡都沒發生過，在那麼長的歷史中，總有人比你聰明，並且已經針對這問題給出明確解答了。

二、書籍是人類現今「知識濃縮度」最高的產物。萬維鋼曾提過一個概念叫「思維密集度」，指的是別人準備這份讀物所花的時間，除以你閱讀這個讀物所花的時間。一本書，你五小時讀完，作者寫的可能是十五年的經驗，思維密集度是二六二八〇。然而一部五分鐘的短影片，人家可能只花了三十分鐘製作，思維密集度是六。

B版本：

一、楊絳先生曾告誡年輕人說：「你的問題主要在於讀書不多，而想得太多。」在那麼長的歷史中，總有人比你聰明，並且已經針對這問題給出明確解答了。

二、書籍是人類迄今「知識濃縮度」最高的產物。

在成效上，B會明顯比A好上很多。（這也是前面所提到的，下斷言就好，不需要特別給例子解釋。）

臉書文章

臉書是長文平台，讀者同樣是爲了在上面找樂子，但與Threads不同的是，臉書偏好推播給追蹤者。讀者的特徵是：

・在找樂子

・跟你熟悉，多次看你發文，會變成鐵粉

・有耐性看長文（我寫過超過一萬字的）

由於讀者對你有一定的熟悉度，因此，你可以在開頭處正常表達，不用特地寫鉤子。而且內容的形式也是由你掌握，你想寫什麼就寫什麼，不必像SEO文章那樣，要特定針對讀者的搜尋意圖寫。畢竟讀者是追蹤你，而不是追蹤內容。像我可能會這樣寫：

標題：去讀孫子兵法

內文：如果你問我行銷人一生中只能選一本書來讀，哪一本最有幫助？

我一定選《孫子兵法》。

西方對《孫子兵法》的翻譯是The Art of War，戰爭的藝術。用有限的資源取得最大的勝利。也就是用最小的代價贏，用成本最低的方式贏。

而這本質剛好跟商戰很像。這也是爲什麼國外很多企業家，都會大力推崇《孫子兵法》的原因。

美國學者喬治在《管理思想史》中頌揚《孫子兵法》：「今日，雖然戰車已經過時，武器已經改變；但是運用《孫子兵法》思想，就不會戰敗。今日的軍事指揮者和現代經理們，仔細研究這本名著，仍將很有價值。

……

電子報

電子報是指別人訂閱了你，主動提交Email，給了你寄信的許可。

在所有文體中，Email是最私密的對話方式。有點像以前寄信的感覺，你的文章是專門寫給他看的。由於沒有其他人留言的機制，讀者會感受到強烈的專屬感，這也是所有媒介中黏性最大的。如果有養成使用者習慣（比如固定時間寄出）的話，那開信率可能高達九成以上。讀者的特徵是：

- 在找樂子或確認工作郵件
- 跟你熟悉，多次看你發文，會變成鐵粉
- 最爲私密的對話

在 Email 上製作《孫子兵法》主題的內容，就像寄出一張手寫卡片。你會加上時間、地點、親筆簽名。

開頭可能會提及寫信的情境。比如蓋瑞．哈爾伯特的信就常說他是早上慢跑到一半，突然想到個點子，所以趕快回家寫這封信給你。就是你會明確知道這封信是從哪裡來的（其實很吻合一般的寄信場景，想像以前通訊不便時，也是會交代一下，這信是在什麼時候、什麼情況下寫的，只是我們現在把這些忘了，但加入這些元素，可以讓信件更加私人化，更像是朋友寄來的。）

此外，寫郵件時通常比較隨意，不用快速進入主題，可以廢話多點。

比如，我要講解「如何學習」的方法時，我寫社群文，可能就會直接介紹學習的要點和注意事項了。但如果切換成 Email 寫法，那我可能前面會有很多鋪陳，例如提到以前求學過程遇到的老師有多廢，當下心情等等，後面才進入主題，開始介紹學習要點。該怎麼講呢？就很像是用 LINE 跟朋友聊天的感覺，會很自然的抱怨，或是分享一些日常小事這樣。

所以，以《孫子兵法》爲主題的 Email，爲了更私人化，我可能會這樣寫：

標題跟臉書一樣：去讀孫子兵法

內文：

此信發自台北士林

二〇二四年七月二十八日，星期日

親愛的×××：

現在是早上六點半，我最近養成了早起的習慣，就算前一天再怎麼晚睡，很神奇的是早上還是會準時起床。而我最近早起時都在看一本書——《孫子兵法》。

……

至於後半段內容，其實就跟臉書文章沒什麼區別。（有差別的只有開頭更私人化）

重點複習

- 媒介即訊息：訊息的傳遞效果不僅取決於內容本身，更取決於承載訊息的媒介形式。
- A堆和B堆：人們會根據外觀，對訊息進行分類，例如將個人郵件歸類為「A堆」，將廣告郵件歸類為「B堆」。為了讓訊息更容易被接收，我們會需要將內容「偽裝」成媒介的常見形式，例如將行銷郵件偽裝成個人郵件。
- 昂貴信號理論：訊息的價值不僅取決於內容本身，還取決於傳遞信號的成本。高成本的信號能夠傳遞更高的價值感，例如手寫比電腦打字更有誠意，大學學位比線上課程更受認可。
- 內容要符合平台特性：不同平台的使用者具有不同的使用目標，例如在臉書上是為了娛樂，在搜索引擎上是為了尋找訊息。內容得根據不同平台量身訂做。

練習

• 選擇一個你熟悉的主題，為SEO、Threads、Facebook和Email四個不同平台各設計一個開場白。比較這些開場白的差異，並解釋你的設計理由。

• 閱讀一篇網路文章，分析它是否符合所在平台的特性。如果不符合，請提出修改建議。

• 運用「昂貴信號理論」，設計一個提高你的內容價值感知的傳播策略。

PART 5

刻意練習

十二個高效寫作習慣

寫作是非常耗腦力的。

作爲對比，如果你從事體力活，例如搬磚或烘焙，可以動動停停，只要中間有休息過，就可以連續工作十小時以上。

但寫作不是，以我自己爲例，只要連續寫超過四小時，腦子就快被燒壞了，會很明顯感受到思維變遲鈍，再怎麼休息都無法消除這種感受，得等到睡飽後的隔天，才會完全恢復。

正因爲寫作是如此之難，因此我們得特別重視——如何將寫作過程中的摩擦和啟動成本降到最低。

我在優化寫作流程上，下了很大的功夫。我相信，既然這些技巧對我有效，那麼對你也一定會有幫助。

一、框架最重要

寫文章時，不是像以前寫作文一樣，拿到紙就開始寫。

對於寫作，我們會需要打地基，列框架，而只要列好了框架，其實就已經完成一篇文章八〇%的任務了。那麼框架是什麼？

框架就是一篇文章的架構，你可以想像成是標題一、標題二、標題三……文章會提到哪些論點，以及這些論點出現的排序——什麼先說，什麼後說。也可以算是一種線性敘述的草圖——是用最簡單的方式，可能只用某些關鍵詞，就敘述出整篇文章的劇情走向。

而在列框架的時候，我傾向於「默寫」。

比如，如果是寫讀書筆記，那麼我不會把書本攤開在旁，邊看邊調整架構，而是直接把書本丟到一旁，靠腦內的記憶硬寫。如果中間忘了什麼也沒關係，因爲會被忘記就代表不重要。除非是中間明顯卡住，少了一塊大缺口，不然我都不會再把書拿出來看。

有沒有列框架，我覺得是決定一位創作者是否優秀的差別——你一旦列了框架，那就有主心骨，知道後面劇情的走向如何——你就不會一直來回刪改，一下偏離主題，一下又跟前述邏輯打架，變成得在修改上反覆折騰。

二、閉關，斷絕一切干擾

我在寫作時，會把我的手機藏起來。

如果附近很吵，比如有狗叫或人聲，那我會戴上降噪耳機——將聽覺封印。如果沒必要，我也不會在寫作完成前，去吃任何東西。因爲你只要一吃東西，那血糖上升，胰島素分泌，就會讓你很想睡覺。

再來，我覺得自己做得最正確的事，就是使用「Effie」編輯器——它會屏蔽其他部分，只留下一個白屏，不會有雜七雜八的選項框放在上面礙眼，這在創作時的觀感會和 Word 很不一樣。能讓你投入百分百的專注在眼前的文字上。

三、一起床就寫作

我是個很怕干擾的人。我不希望任何人在我做正事時跑來打擾，所以我通常都是在清晨四五點時，就起床寫作。

早起寫作有其道理——意志力是有限的，會逐漸在一天中消耗殆盡。網路上有個段子是說：女生要網購時，最好不要在晚上。因爲往往早上忙碌完一整天後，你的意志力就消耗殆盡了，那到了晚上，你就只剩下本能，那本能就是吃喝玩樂，腦波會很弱，隨便看到什麼好吃的東西就想下單，看到什麼好玩的旅遊就想報名……這概念帶到寫作上也是，寫作很辛苦，要深入思考，大量動腦，等你白天做完那些雜事後，到了晚上，你其實就已經沒有任何精力去寫了。

此外，寫作也是很無聊的事情，以我爲例，如果我早上的行程，包含有看漫畫、打電動、看短影音的話，那我那一天基本上就毀了——因爲這些都是能把你的娛樂閾值，拉到很高的活動。而寫作與它們對比，就眞的太無聊了。

並且我又是個自制力很弱的人，腦中沒有一個暫停鍵，只要一開始玩，我就會玩到底。而當我一整天最有精力的時間都被消耗後，我後續的精神狀態就無法支撐我做任何的思考，那就只能任由娛樂繼續綁架大腦了。

那怎麼突破呢？很簡單，從起床的第一件事抓起——把手機藏起來，改成一起床就寫作。只要正事先做，這氛圍就會一直維持，直到腦力耗盡爲止。

這個計畫的祕訣在於：你不必將注意力放在如何有個完美的一天，而是放在如何有個完美的開始。只要專注於開場，正面能量就會創造出正面動力，並像滾雪球一樣，越滾越大。

四、寫作，是從昨晚開始的

寫作會需要一個醞釀的過程。

醞釀是指透過潛意識，將你收集而來的那些想法重新組合、連結，產出可用的觀點。你可以透過散步、聽音樂、玩水、編織毛衣等等手段來醞釀。

不過，最簡單的方式是透過睡眠。

在寫作的前一晚，你需要把資料都拿出來看，看完後集中思考，讓腦子激盪一下。然後跟你的潛意識說：親愛的潛意識，請給我這些問題的完美答案。

接著就去睡覺。

隔天起床後，很神奇的是，所有的問題都會迎刃而解——整個文章的脈絡該怎麼編排，文章要怎麼切入，以及有哪些論點該強調——都會自動浮現。

而你要做的，就僅僅是把答案記錄下來即可。

五、建立寫作空間

你需要有一個專屬的「寫作空間」。

這空間裡會有你需要的一切——桌椅、電腦、耳機、書籍、收集的資料等等。

而只要你長時間的待在同一地點寫作，就會養成制約，每當靠近時，寫作空間就像觸發器一樣，向你的大腦發送「該寫作了」的信號。

此外，最好還要有一點儀式感，比如你可以穿上工作服，或有些人會點香氛蠟燭，又或是播放固定的背景音樂等等。這些儀式道具都能輔助你進入寫作的情緒。

六、每天寫，不靠靈感靠習慣

《基業常青》的作者詹姆．柯林斯（Jim Collins），曾提出一個概念「二十英里法則」。

這個法則講的是：從美國西海岸的聖地牙哥到東北部的緬因州，總共有三千英里的路程，並且沿途地形複雜，天氣多變。那麼，每天走多少英里才是合適的速度呢？

第一種走法是根據天氣調整步伐：天氣好就多走一點，一天走個四十到五十英里，但如果遇到刮風下雨，就找地方休息。

第二種走法則是無論天氣如何，每天固定走二十英里。

乍看之下，第一種走法很科學，但實際上，天氣晴朗、路又順的情況是很少見的，你大部分的時間都得待在帳篷裡發呆。於是一路上走走停停，往往會需要八到十個月才能抵達終點。而第二種方法，由於有固定的準則，每天堅持走二十英里，通常只需五個月就能抵達終點。

寫作，與走完這段崎嶇的路程相似。

寫作需要耗費極大的腦力整理思緒，過程是枯燥和痛苦的。如果你是依賴心情寫作，將進度寄託於靈感這種虛無飄渺的事情上，那你會很容易斷更和放棄。因此，我們需要建立一個能抵抗挫折感的系統，就像第二種走法一樣——每天寫作。

史蒂芬．金曾說：「我一旦開始寫，就每天都要寫，不管是聖誕節、國慶日還是我的生日……我希望一天能寫十頁，也就是大約兩千英文單詞。」

對作家來說，寫作和上班沒什麼區別。專業作家不依賴靈感，時間到了就坐下來，完成一天的字數，然後打勾下班。即使你每天只寫一百字也好，但就是要維持這個節奏，不要中斷。

七、雙文件工作法

一篇「好」的文章是來自於修改，尤其是「大量的刪減」。

我在「刪減」所培養的習慣是「開兩份文件」。一份是正在寫的文件，而另一份是「暫放區」。我的思路是——由於很多材料當下不知道要用在哪裡，但是又不捨得刪掉，怕等等寫到一半，發現突然又有用處了怎麼辦？於是我就會一直糾結在刪與不刪之間，耗掉很多心力。

因此後來，我就多開一份文件，將這些段落移到暫放區，讓它們先安靜的待在那裡。這樣做有兩個好處：

第一是不會被綁架。有時候寫出來的東西，會產生自我認同，不願意輕易捨棄。這樣文章會變得冗長，或塞太多枝微末節等跟主題毫無關係的論點。而移出去和直接刪除是有本質差異的，因爲你知道它並未消失，只是暫放在其他地方，要用的時候還是能找回來的，所以內心不會有太多抗拒。

第二是不會再焦慮。在你移出去前，會糾結到底該刪還是該留——由於蔡加尼克效應（Zeigarnik effect），未完成的事物，會一直被放在心裡記著，直到做了後才會忘掉——於是那材料就會一直懸浮在大腦後台處，持續占據資源。但當材料移出去後，就相當於你在現實中已經將其處理完畢了，於是它就不會再占據你的大腦資源了（不用再去想這材料要怎麼利用）。

八、避開空白稿

面對一張白紙要從頭開始寫時，你會發現很難動筆。

例如，怎麼開頭？怎麼結尾？文章的架構長什麼樣子？他們之間的編排順序又是如何？該列舉哪些證據、例子和比喻？不管你左思右想，或是先前翻閱再多的參考資料，都很難在腦中將這些一次思考到位。

所以很多人在面對白紙時，腦袋是直接空白的。一方面是跟心理預期差太遠，你預期要寫一篇完整的文章，但當下的思考就只夠寫開頭的一百字——無法想像按照這速度，寫完一整篇究竟要花多少時間，於是你會覺得太難，會懼怕會畏縮，會不想動筆。

另一方面是優秀的想法，會需要頭腦的發酵時間，不容易在一兩天內產生，更別提寫作的當下了。往往當下想到的答案只會是二流的點子，那有完美傾向的人會不屑採用，那就會一直僵在那，一直等，直到有更好的點子出現爲止。

但是，我們換個方式想，如果說寫作所需要的所有零件都擺在你眼前：角度獨特的話題、深刻的素材故事、論證的邏輯結構、吸睛的開頭和結尾，甚至是文章的大小標題，而你只需要將它們串在一起編排成文。那這肯定會比面對一張白紙，重頭開始寫要簡單的多，對吧？

所以，我爲了避開空白稿，所養成的習慣是：平時就在收集筆記。我對要寫的主題，一定是累積了足量的筆記，心中有把握後，才開始下筆。

接下來就簡單了，僅僅需要——將這些筆記根據邏輯關係，重新調整順序，並在筆記間加上連接詞，將它們黏合好就行。就這樣，不一會功夫，就能得到一篇草稿了。

九、日常收集筆記

許多人所面臨的靈感枯竭，其源頭是素材不足。

邏輯是這樣的：寫作只是個結果——是當你已經徹底理解了一個道理後，才將其寫下。

那麼，你是如何把這道理想明白的呢？這是因為你已經累積了大量的筆記，並且透過交叉比對，得出了一個你最能說服自己的結論。因此，當你收集的筆記越多，文章的邏輯就會越縝密。甚至可以說，一篇文章的深度，完全是取決於你事前所累積的筆記量。

那該怎麼記錄筆記？要使用什麼工具呢？

我個人是使用「Get 筆記」，它是一款由 A I 驅動的輕量級軟體。

在收集筆記時，我建議使用輕便、功能簡化的工具。一方面，功能越複雜的工具，開啟速度就越慢，這樣每當你要記筆記時，如果都要等個五到十秒，那耐心很快就會耗盡。另一方面，功能複雜，那選項就多，於是你就會一直糾結於這則筆記該怎麼分類，導致注意力被「如何更好分類」所干擾，反而無法專注在記錄上。

奧野宣之在《如何有效整理訊息》提到「一元化筆記法」的概念：他主張

將日常遇到的事情、想法，甚至票據、包裝紙等，全部按照時間順序記錄在同一本筆記中，不進行分類。這種方法的優勢在於簡單直接，無需思考記在哪裡、如何分類。記就完事了，這大大減少了記錄的心理門檻。

選用「Get 筆記」正是基於這種理念——不必過多考慮，只要專注於收集本身——Get 這款筆記的核心思路是：你只要記就完事了……至於後續的整理、查找，都交給 A I 來處理。

爲此，它降低了你從各個媒介管道中，記錄筆記的難度——相較於傳統文字記錄，你可以直接對著它說話，它會自動記錄口語逐字稿，然後轉寫成可閱讀且有分段的文稿。此外，它還能直接讀圖片、網頁、音頻，甚至是短影音。你只要將圖片或是文章連結貼上，它就會一鍵轉爲懶人包，並貼心的爲你加上 tag 等用於分類的標籤——眞正降低了記筆記的門檻。

而當你把記錄的阻力降到最低，養成隨時記錄的習慣後，那你就會發現靈感無處不在，寫作也會變得輕鬆。畢竟，所謂的沒有靈感，往往只是因爲積累得不夠多罷了。

此外，用「講話記筆記」還會有一個好處，我稱它爲「自由書寫」。

我們以往的自由書寫是直接寫，然後不編輯，也不回看，就任由腦子的思緒流通，目的是不讓編輯抑制創意的誕生。但寫字的自由書寫對我來說不湊效，因爲我每次看到文字時，都會有唸好幾遍，或是去修改它的衝動。

而講話的時候，其實就很類似自由書寫——不用顧慮太多，就是一股腦的講出來——字句瑣碎也好，口吃也好，或暫時想不到要說什麼，有一大半空白也好，這些都可以。也由於是講話，你無法翻看前面到底講了什麼，所以這有效避免了修改的衝動。

而當你不受限制的一直講後，思緒就會湧出。雖然其中可能會有部分不能用，但以整體來看，確實能節省很多時間，再加上沒有限制，你有可能會講出一些連自己都從未想過的有趣觀點。

十、提前準備好標點符號

我寫作的另一個習慣是，會提前將標點符號準備好。

比如，我有個文件檔，裡頭就專門放這些符號：

《》——〈〉↓▌•●「」

這樣等到要用的時候，就直接複製就好，很省事。之所以會這樣做的原因，單純就是我不知道這些符號要怎麼用鍵盤打出來而已。尤其是「——」這個符號，我使用的頻率超高，但完全不知道要敲哪個鍵才會出現。

所以提前準備好這些「特殊符號」能省下不少事，至少不會讓你打字打到一半，爲了要找這些符號而中斷思考。

十一、間歇式寫作（番茄工作法）

文案大師尤金·施瓦茨建議：找一個計時器，設置爲三十三分三十三秒，然後當鬧鐘響起時，休息五到十分鐘，接著再按下計時器，重新開始。

（我在寫作時會將手機藏起來，因此我是買能計時三十分鐘的沙漏。）

而你在限定時間（三十三分三十三秒）裡，可以做任何想做的事情——喝咖啡、盯著窗外發呆，甚至塗鴉，或是抱怨你有多不想寫，但是你就是不能從椅子上站起來。

這招很棒，因爲它消除了作家的拖延症。

通常會發生的狀況是，在最初幾分鐘裡，你會盯著牆壁，抿一口咖啡，然後……在你意識到之前，已經開始寫作了。

間歇式寫作的好處有兩點：

一、消除腺苷給予的壓力：

我們的大腦在工作時，會產生一種細胞代謝的副產品，叫做「腺苷」。類似運動時肌肉會產生的乳酸一樣，當腺苷大量堆積時，你會覺得疲憊、煩躁，精神無法集中。而定時休息，就等於是在腺苷濃度還不高時，即時清理，讓大腦始終保持在清醒狀態。也就是說，科學的工作方式是累積一點後就趕緊休息，即時清除腺苷，而不是累積到一定濃度後等它爆發。

二、增加成就感：

寫作是一項枯燥的工作，你需要從各方面激勵自己。如果你要寫一本書，需要多久時間？六個月。寫一篇文章又要花多久時間？三天。這樣激勵的反饋就太慢了。

但如果是計算「完成的次數」，那你可以每三十分鐘就有一個成就感。例如，當一天結束時，你不會對自己說「我寫累了，但離完成還遙遙無期」；而是說「我今天寫了六節（33X6）」。

不過，使用間歇式寫作時，會有個「生產力陷阱」。

要特別注意的一點是，在每個三十三分鐘的「停筆處」，你不是寫完一個段落後停下，而是要在寫到「一半」時停下，也就是說，你已經知道後面的走向是什麼了，但是故意不寫完它。但爲什麼要在中途停筆呢？

因爲我們在處理多項任務時，注意力會有切換成本。我們的大腦不是像電腦開分頁那樣，可以隨意的來回切換。相反地，它更像是燒開水：你燒了一次水，然後去做別的事情，等你回來想再喝熱水時，還得再重新燒一次水。

所以，如果我們是在寫完一個段落後停下，就得重新暖機，去想接下來要寫什麼；但如果我們是在中間停下，並且對之後劇情該怎麼發展、該怎麼寫都有頭緒了，那就能省下暖機的動作。

十二、同時進行多個項目

寫作的工作流是動態的。

寫作是一次性地開啟很多的未完成項目（預計要寫的文章）——這些主題目前都因爲缺乏足夠的材料，而處於休眠狀態中。但這時不用急著將它們補充完整，而是在後續的閱讀中，持續地增加新筆記，直到某次增加新筆記時，突然有一條清晰的敘事線出來了，才將它喚醒，編輯成完整的文章。

例如，我要寫一篇名爲〈戰爭的隱藏好處〉文章，那麼當我遇到什麼相關素材（如閱讀有關戰爭或創新的書籍）時，我就會將相關筆記放入這個項目中——持續累積，等它慢慢壯大——至於其他的未完成項目，如〈焦慮在騙你〉〈決勝點〉〈人格決定意識〉……也遵循同樣的方式，平時都是沉睡著，直到哪天筆記累積夠了，才會將它們喚醒。

這個思路是，不成熟的想法就先放著，等到什麼時候覺得累積充分時，再一次性地寫出來。所以正常狀態下，不是只開一份文件檔，寫當下的項目而已；而是會有個類似資料庫的地方，裡頭存放著五十到一百篇處於休眠狀態的文章，等著被喚醒。

重點複習

- 先列框架：框架就是你要在文章中提到哪些概念，以及他們出現的順序，用默寫的方式列出來。
- 閉關：去除多餘雜事，和可能干擾的因素。
- 寫作前一晚準備：在睡前思考寫作主題，讓潛意識在睡眠中醞釀想法。
- 早晨優先寫作：將寫作安排在早上第一件事，避免娛樂活動占據精力。
- 專屬寫作空間：建立專屬的寫作空間，將空間與寫作建立聯繫。
- 每日寫作：像作家一樣，每天堅持寫作，即使只有一百字，也要保持節奏，不要中斷。
- 雙文件工作法：將不確定的段落移至暫存區，避免糾結於是否刪除。
- 避免空白稿：事先準備充足的素材和筆記。
- 持續記錄筆記：使用輕便的筆記軟體，養成隨時記錄的習慣。

- 準備常用標點符號：將常用的特殊符號整理到一個文件中，以免打斷寫文節奏。
- 間歇式寫作：使用番茄工作法（三十三分鐘工作加五分鐘休息）。
- 多項目並行：同時進行多個寫作項目，將不成熟的想法先記錄下來，等素材積累充分後，再進行完善。

練習

- 嘗試「睡眠醞釀法」，在睡前思考一個寫作主題，並記錄第二天早上冒出的想法，看看是否對你的寫作有幫助。
- 挑戰自己，堅持每天寫至少三百字，連續一個月。
- 使用「雙文件工作法」寫一篇短文，體驗這種方法如何幫助你更好地刪減內容。

後記

感謝你讀到這裡。我想在後記與你說些眞心話：

你認爲讀完本書後，眞正學會寫作的人會占多少比例呢？是八成？三成？還是我們保守估計，只有一成？

不，實際上不到一％。根據我的經驗，即使是以最樂觀的態度做推測，最終能眞正掌握寫作的人，可能連一％都是高估。

我知道很多人的讀書習慣是，書看完就覺得自己懂了，就丟在一旁不管，也不會再做任何練習了，因爲我自己有時候也會這樣。但是學寫作是不能用這種學習態度的。寫作是一門很注重實作的學科，我不認爲僅靠「閱讀」就能學會。

在書中，我只能展示自己如何攀登到山頂的路徑，但這僅僅是展示。要眞正學會寫作，你還是得親自穿上裝備，沿著我的路徑實際攀爬一遍，否則你不可能掌握寫作。這世上沒有任何人能僅憑文字就把你教會。我最多是提供一個契機，規劃出一條清晰的學習路徑，讓你在學習的過程中少走彎路。

也就是說，我只是把你領進門，但後續的修行還是取決於你個人。

說到這裡，我明白你現在腦中冒出的困惑——卡在如何實作上。

我一直說實作很重要。但新手根本不知道該怎麼練習啊。你看，你以前沒接觸過寫作，突然要開始寫，根本不知從何下手——不僅是目前腦袋沒想法，不知道要寫什麼，還包括會擔心，如果將那不成熟的文章丟到網路上，被人嘲笑，以後都不敢寫了，該怎麼辦？

乍看之下是死局，對吧？

你需要實際寫，以獲得真實反饋來迭代自己的想法，寫作才有可能進步。但不成熟的文章，在網路上所收穫的，往往就只有嘲笑而已。這概念很像是在找工作，那些職務要求要有三到五年的經驗，但對新鮮人來說，沒錄取工作，那又怎能獲取工作經驗呢？

因此，我們需要的是一種簡單，並且可以獨自練習的方法。

接下來，我將跟你介紹，一種不管是新手、老手都通用的練習方法。你可以像是進入新手練習場一樣，先打打「教學關卡」，等具備一定的理解後，再開始創作屬於自己的東西。

新手練習寫作，最有效的手段是「抄寫」。

抄寫就是你找到喜歡的作者，然後一天抄一篇他們的文章。你要一個字一個字地打出來，用這種乍看「很笨」的方式學寫作。過程中不用執著於每個字都要打成一樣，你可以用自己的口吻適當改寫。

那麼，爲什麼寫作要以抄寫的方式來做練習呢？

因爲語言是約定成俗的。它很難說清楚什麼明確規則，有時候一句話爲什麼可以這樣說，卻不能那樣說，你也解釋不了，只知道這樣說比較順。而一篇文章裡，它所蘊含的是作者的講話口氣、思考方式、常用詞彙符號、語法句式、比喻和修辭技巧……這些都很難歸類成具體的規則。

因此，你只有透過抄寫，大量地練習範例，讓大腦去識別模式，才有可能抓住那種「說不清，道不明」的語感。而當你抄寫超過一個月後，就會很神奇地發現，自己似乎將這作者的風格融入你的血肉中了——他會怎麼開頭、敘事、結尾，大概會用什麼詞彙，你腦中都會有個模糊的概念。這時就代表，你的大腦已經透過識別模式，掌握他的文風了。

那你就度過了「教學關卡」，可以開始嘗試寫你自己的東西了。

如果你還想繼續鑽研寫作的話，讓我分享這幾年來的寫作心得。

事實上，寫作書不用看太多，因爲寫作跟其他學科不同，它的變化很小。寫作不會像科學或醫學那樣，你早上起來看新聞時，發現又推翻了什麼舊論點。寫作不會的，對於寫作來說，幾百年前的寫作概念，現在通用，未來幾百年後也通用。因此，講來講去，各本寫作書的核心概念也都大同小異。

與其看一百本，不如掌握好以下這五本經典就好：

《風格感覺》：學寫作繞不開的經典。對於「人的認知模式」有深入描述。最有價值的是提出古典風格，也就是聯合場景的對話模式這種敘事方式。

《金字塔原理》：可以幫你樹立基本的寫作邏輯。除了「結論先行」在某些特定情境有限制外，其餘論點都對。

《The Boron Letters》：蓋瑞．哈爾伯特在監獄時寫給兒子的信。主要講述怎麼寫銷售郵件。可以從中領會他對於郵件這一媒介的鑽研。

《寫作法寶：非虛構寫作指南》：另一本寫作經典。最啟發我的是「不寫結論」，以及「將段落視爲基本單位」。

《文案訓練手冊》：這本偏銷售文案。但對寫作的基本原理闡釋很透澈。尤其是一句接一句的溜滑梯原理。

最後想分享的是，我有時會收到讀者提問：「在AI時代還需要學寫作嗎？」或是「我該如何在寫作中加入AI？」這意味著，對於我們這一代的寫作者來說，「怎麼跟AI共處」會是一道新問題——我們不可能完全摒棄AI不用，但也不是說一鍵生成，讓AI代替我們的思考。而是要找到一種新的方式，讓AI融入我們原本的工作流中。因此，我把對AI的理解和應用編成了番外。因本書篇幅有限，你可以在這個網址下載相關內容：

https://domyweb.org/thought-copy/

Eurasian Publishing Group
圓神出版事業機構
用心與你對話・視野無限寬廣
圓神出版社
Eurasian Press

www.booklife.com.tw
reader@mail.eurasian.com.tw

天際系列 028

10萬次互動、6年苦練，終於發現的思維複製寫作術

作　　者／多米
封面設計／究識設計
內頁插畫／白淑麗
發 行 人／簡志忠
出 版 者／圓神出版社有限公司
地　　址／臺北市南京東路四段50號6樓之1
電　　話／（02）2579-6600・2579-8800・2570-3939
傳　　真／（02）2579-0338・2577-3220・2570-3636
副 社 長／陳秋月
主　　編／賴真真
專案企畫／沈蕙婷
責任編輯／沈蕙婷
校　　對／沈蕙婷・賴真真・多米
美術編輯／李家宜
行銷企畫／陳禹伶・黃惟儂
印務統籌／劉鳳剛・高榮祥
監　　印／高榮祥
排　　版／莊寶鈴
經 銷 商／叩應股份有限公司
郵撥帳號／18707239
法律顧問／圓神出版事業機構法律顧問　蕭雄淋律師
印　　刷／祥峰印刷廠
2025年3月　初版

定價 380 元　　ISBN 978-986-133-963-4

如果你不想當個複製貼上的文字工匠，而是渴望成爲能夠準確傳達思想的創作者，那麼這本書就是爲你而寫。

——《10萬次互動、6年苦練，終於發現的思維複製寫作術》

國家圖書館出版品預行編目資料

10萬次互動、6年苦練，終於發現的思維複製寫作術／多米著.
-- 初版. -- 臺北市：圓神出版社有限公司, 2025.03
256 面；14.8×20.8公分 --（天際系列；28）

ISBN 978-986-133-963-4（平裝）
1.CST：寫作法 2.CST：思維方法

811.1 114000377